헤어진 사람의 품에 얼굴을 묻고 울었다

장석주 시집

문학동네시인선 116 장석주

헤어진 사람의 품에 얼굴을 묻고 울었다

시인의 말

1

봄날 새벽의 노란 별자리를 보며 점을 쳤다. 큰 누에들이 뽕잎을 갉아먹는 방에서 깨기를 바랐건만 시는 잠결의 무심한 뒤척임, 가느다란 꿈의 파동으로 왔다. 시는 우연, 빛과 소리, 날씨와 구름의 움직임에 대한 계시(啓示)에 가까웠다. 내 점은 자꾸 빗나갔다.

2

이번 시집은 작다. 작아지려고 탕약처럼 약한 불로 뭉근하게 오래 졸였다. 작은 슬픔으로 큰 슬픔에 닿기 위하여 애썼다. 덕분에 내 상상력은 뿔냉이나 엽낭게의 감정노동만큼 조촐해졌다. 작음은 이번 시집에서 내세울 단 하나의 자랑거리다. 더 작아지지 못한 건 흠이다. 더 작아져서 큰 실패에 닿지 못했음을 후회할 거다.

2019년 1월
장석주

차례

2부 시 강좌에 나오던 여자가 내 구두 한 짝을 훔쳐갔다

아내 박연준에게

1부

좋은 시절은 가고 간 것은 다시 오지 않아요

내륙의 운문집

영화관과 빵집이 문 닫은
그날 저녁을 기억하지 못한다.
모란과 버드나무와 뻐꾹새를 편애함,
검은 머리 찰랑이는 미인의 쇄골을 동경함,
구옥(舊屋)의 견결함과 헐거워진 경첩 따위는
늘 내륙의 일로 돌아온다.
착한 것들이 가녀리게 살다 가면
기일(忌日)은 망각 속에서 돌아온다.
기쁜 일은 언제나 여름 아침에 오고
개간지에 여뀌가 무리 지어 자라는데,
개를 도살한 자가 38번 국도를 타고
달아나고 가을이 진격한다.
가을의 오후에는 순면 셔츠를 입자.
착한 누이는 무릎을 꺾고
어떤 사랑은 빨리 끝난다.
애써 더 사랑한 사람이 더 슬프다.

생일

아름답고 스산한 겨울 저녁,
고막에서 공기가 빠져나가면
저녁은 저녁인 줄도 모르겠지.
영원의 가장자리를 서성이는 남자는
저문 강기슭에 선 버드나무 곁에서 울겠지.
젖 보채는 아이는 자라서
기어코 벽에 머리를 찧는 날이 올 것,
당신은 멀리까지 나아가겠지.
손금에 바람이 불고
잎 없는 버드나무 가지는 춤출 때
길 잃은 양들이 울어대고
여자는 남자의 낡은 스웨터 팔꿈치나 바라보겠지
꿈속과 꿈 밖의 일로 슬퍼지는 우리,
기쁨은 슬픔의 일로만 찬란해지겠네.

키스

내 농업의 성장세는 실로 괄목할 만해요. 오늘의 특용 작물은 키스예요. 당신은 구름과 비의 일을 모르고 서리와 얼음의 때를 모릅니다. 누가 하늘에게 청명과 곡우를, 땅에게 파종과 수확의 때를 가르칠까요. 정원에 향기로운 입술이 만개할 때 키스에 무지몽매한 자도 늘어요. 키스를 알았더라면 덜 불행했을 사람들. 제분소에서 일한 적이 없어도 제분소집 딸을 만나 키스를 하는 게 사람입니다. 인생은 쓸쓸하고 사랑의 일은 그보다 조금 더 하염없는 일이지요. 제분소 일을 모르면서 제분소집 딸과 키스를 할 때 인생은 조금 더 유쾌해질까. 하지만 우리는 키스를 모르는 나라에서 온 이민자들. 우리는 키스를 모르는 나라에서 온 야만인들입니다.

고양이와 양치류를 기르는 이의 키스는 천진합니다. 당신도 알다시피 키스는 아주 오래된 죄예요. 열 번의 죄, 백 번의 죄, 천 번의 죄. 첫 키스 때 눈꺼풀 아래 눈동자가 불타는 듯해서 놀랐어요. 세상에는 여러 종류의 키스가 있습니다. 얼음, 잿빛 구름, 검은 커피, 분홍 덩굴장미꽃, 유월의 빗방울, 영국식 브렉퍼스트, 화산의 분출, 가벼운 뇌진탕, 죽음…… 키스, 키스, 키스들. 참전 용사의 키스, 숙녀의 키스, 죽은 영웅의 키스, 아기가 태어난 새벽의 키스, 외딴집에서 외로운 이와의 키스, 국화꽃에 잉잉대는 벌 같은 키스…… 이 키스를 탐하는 나는 누구일까요? 아아, 나는 내가 아는 바로 그 사람일까요?

첫 키스는 진흙과 햇빛과 장미의 맛. 키스가 우연과 무중력의 일임을 알았더라면 인생에서 모호함과 회의가 얕아졌겠지요. 어떤 키스는 인생을 쓰디쓰게 하고, 어떤 키스는 참혹한 기쁨을 줍니다. 우리는 골목, 나무의자, 거실 소파, 풀밭, 강가, 벚꽃나무 아래, 기차에서 키스를 해요. 우리는 키스가 남용되는 오늘의 사태를 우려합니다. 이 나라가 키스의 젖과 꿀이 흐르는 민주주의의 땅이 되려면 키스 허가제와 키스 총량제가 필요하겠지만요. 실패한 자들, 외로운 자들, 우울한 자들, 가난뱅이들, 주정꾼들에게도 키스가 필요합니다. 재를 위한 불꽃, 낙하하는 꽃잎에 비치는 마지막 빛, 상심한 마음에서 일어나는 파도를 키스라고 할까요? 키스의 유구한 역사가 끝나서는 안 될 일입니다. 우리 아들과 딸에게 키스의 덕과 악을, 키스의 교양과 보람을 더 가르쳐야 합니다.

양화대교

보리가 익고 앵두가 떨어지면 나는 피의 맛, 실패의 쓰디쓴은 모른 채 민어회 몇 점을 씹으며 세상의 일부로 의연했어요. 여름에 조카가 태어나고, 우리가 늦은 저녁 분식집에서 잔치국수 한 그릇을 비웠을 때 모종의 불행이 우리 생활 안으로 들어왔다는 걸 알았어요. 당신은 실연으로 피가 낮아지는 기분을 알겠지요. 누가 점집을 찾아가다가 중간에서 돌아설 때 당신 입술 끝 담배는 타오르고 당신의 푸른 옷소매는 젖네요. 통영 앞바다가 검은 망토를 걸치고 서 있네요. 여보, 빗소리에 귀기울여봐요. 비, 비, 비. 푸른 모과가 후두두 떨어지는 소리지요. 봄밤, 침대에 들어가 눕는 일을 편애하지만 우연은 우연의 일로 우연의 피안(彼岸)이 되겠지요. 우리는 먼 해안의 표류객, 슬픈 것은 이 항구에서 가장 늦게 떠나겠지요.

손아귀 힘이 빠지는 건 더이상 사랑할 날들이 남아 있지 않다는 징표겠지요. 저녁에는 충주 사과 다섯 알이 남고, 슬픔으로 기분이 길쭉해져요. 기억력과 악력(握力)이 춘분의 일이라면 견뎌야겠지요. 요람에서 옹알이를 하던 딸은 어느덧 처녀가 되었어요. 좋은 시절은 가고 간 것은 다시 오지 않아요. 초저녁 혼곤한 잠속에서 꿈이 잦네요. 하지에 도모하는 사업은 실패할 확률이 높아지지요. 낯선 사람은 안 만나요. 이 잔을 치워주세요. 강에서 물비린내가 올라오고 교각 아래 흐르는 강물은 검고 검었어요. 이건 혁명이거나 내

전(內戰)이겠지요. 옛날은 캄캄한 데서 미래의 얼굴로 돌아와요. 우리는 여린 숨결을 가진 것과 젖은 것의 안부나 걱정할 수밖에 없어요.

곡우

공중에 나부끼는 깃발이 무죄라고요? 정말 무죄인가요? 지금은 숨은 죄가 비비추 새싹이 되어 땅거죽을 밀며 돋는 계절! 새싹이 금수(禽獸)의 세계를 무찌를 때, 당신은 새벽 푸른 공기 속에서 헛기침 두어 개를 감추며 서 있습니다.

여름의 기쁨은 성대하겠지요. 보리는 웃자라고 앞 강에선 물고기가 튀니까요. 문설주에 이마를 대고 근심 몇 포기로 이마를 살짝 찌푸리는 어머니, 당목 치마를 입은 어머니께 저문 풍경을 드린 적은 없어요. 우리는 곧 헤어질 사람들. 후회는 검은 눈썹으로 확고했어요. 어린것의 육아는 방심과 작은 질병에게 맡길게요. 당신에게 쥐오줌풀 같은 풍속을 강요할 수는 없어요.

가을은 짧게 끝납니다. 가을의 황혼을 방임하고 그냥 놔둡시다. 딸들이 떠난 뒤 생활이 단순해지면서 왼손의 무력은 깊어졌어요. 고랭지 배추 수확을 며칠 늦춘 뒤 우리 윤리는 더 단단해지겠지요. 낯선 고장에서 온 미인의 쇄골이 미성년의 도덕 감정을 키우게 놔둡시다. 한줌 도덕은 오금에서 나올 테니까요. 햇빛의 자양분을 충분히 취하세요. 밤은 만물을 부양하는 늙은 어머니, 흙벽을 긁어 입에 넣거나 어깨뼈를 탈골시키는 자학은 하지 말아요.

노동절과 추수감사절이 지나면 올해의 보람은 끝납니다.

북풍과 초빙(初氷), 옛날의 연애는 덧없이 끝나겠지요. 염소의 목을 따고 척추를 부러뜨리는 도축자로 연명할 때 내 노동의 수고는 깊지만 굴욕감은 없었어요. 허리와 전립선 아래로 부쩍 깊은 겨울의 밤들, 잠투정을 하는 아기를 재운 뒤 불 지피지 않은 건넌방에서 버드나무 책 몇 권을 읽어요. 금욕으로 밤들은 숭고하겠지만 생활의 원칙과 윤리가 늠름해도 슬하의 아기에게 닥치는 기침과 볼거리를 못 막아요. 여보, 너무 빠르게 늙지는 말아요.

망종

우리가 형태를 갖춘 것을 좋아한다만 윤리 의식이 나아졌다고 말할 수는 없다. 작은 방 세 개와 비좁은 거실에서 겨우 미역국이나 끓여 먹었다. 두릅이 번지는 둔덕이나 모란 뿌리의 안부를 궁금해하지 않는 이웃과도 어울려 살았다. 모란이나 작약, 마당의 땅속을 파헤치고 돌아다니는 두더지의 안부를 묻지 않는 사람을 비난할 수는 없었다. 그이들이 자기의 불행을 키우는 일에 열중하도록 놔두자. 서울의 서쪽 동네 소택지에서 여름이 돌연 파국을 맞을 때 나는 어머니 기일을 잊은 채 서교동과 망원동 사이에서 서성거렸다.

모란과 작약이 지면 우리는 잘못 살았다. 우리에게 보람이 작은 것은 가냘픈 세월에 덜 너그러운 탓이겠으나 쥐뿔도 모르는 이장네 염소가 연신 빽빽 울어대며 우리를 야유한 것은 다소 억울했다. 찬밥 한술을 뜨거나 경첩을 돌보며 낮은 지붕 아래서 삼가며 경책하기를 멈추지 않았다. 어머니가 돌보던 텃밭은 방치되어 물 건너 이씨에게 부탁해서 땅을 갈지 못했다. 어린 시절 실업고교 동창인 신영호의 전립선암 투병이나 남십자성이 뜨는 뉴질랜드에서 이민자로 살아가는 송지복 딸의 결혼 소식이 들려올 때도 우리 근교 생활은 한 점 근심이나 보람도 없이 순조로웠다.

망종 무렵 갈비뼈 아래에서 종달새가 우짖었다. 미덥지 못한 몸에 구멍 아홉 개를 갖고 가야 시대의 도금 기술 편람을 뒤적이는 내내 장기(臟器)는 동요하지 않았다. 통점(痛點)이 꽃봉오리를 터뜨렸지만 밥이 순조롭게 입까지 오는 나날은 여전했다. 서교동을 향한 편애는 깊어졌다. 홀수 해의 건강검진 예약을 끝내고 금식을 했다. 손님이 돌아간 뒤 옆집 개는 슬픔을 용케 참으며 짖지 않았다.

연애

연애가 찬밥과 슬픔으로 부양되더라도
연애건 이별이건 섣불리 하지 마라.
연애하는 내내 나는 눈물이 났다.
조간신문을 배달하고 멀어지는 새벽의 발소리,
주방에서는 미역국이 끓고
후박나무 가지에서 까마귀가 우짖었다.
우리의 감정생활이 슬기로워지는 가을 늦은 때,
당신이 기르는 사치 몇 포기에
나는 울컥했다. 도라지꽃이 착한 소년처럼 피었다.
당신은 슬픔을 씻기려고 욕조에 온수를 받는다.

연애는 연기 한 오라기 오르는
굴뚝만큼 숭고하지 않았지만
자두가 익는 날씨에 감탄하는 당신,
검정은 검정대로 흰 것은 흰 것대로 멀쩡했다.
버드나무 푸른 가지와 종달새의 수런거림,
당신 정수리의 미모와 구운 빵 조각을 씹는
이 뿌듯한 날은 왜 이다지도 눈이 부신가?
그러니 눈을 감을 수밖에. 슬픈 시절에
우리는 키스라는 노획물을 나눈다.
잔혹극으로 계절이 망가질 때조차
도라지꽃은 우리 무죄를 증명할 테다.
우리에겐 담요와 갓 구운 빵과 생수가 필요해.

이제 용서와 어린 불행을 돌볼 시간이다!

사랑은 가고 오건만 그 사랑이 아니니까
오늘은 자꾸 옛날의 얼굴로 돌아온다.

손금

손금이란 참 이상한 선물이야.

우리는 국수를 먹고 그다음에 커피를 마셨지. 거짓말이 생의 우연에 일관성을 만든다. 월요일은 다른 요일보다 더 빨리 왔다. 좋은 예감은 늘 빗나간다. 늦은 자는 늦고 실패한 자는 또 실패한다. 악은 너무 평범해. 그건 당신 상상력이 진부하거나 밋밋한 탓이야. 우리의 교양을 만드는 건 읽지 않은 책들이었지. 고향을 떠날 때 고향이 발명되듯이. 누군가는 마루 거실을 좋아했다. 나는 정의를 부르짖는 여자를 믿지 않았지. 방구석에 칩거하는 자가 가장 먼 나라를 동경하는 법이니까. 온몸을 부르르 떨며 사납게 짖는 개는 자기 안의 두려움 때문일 거야.

늘 알 수 없는 패를 쥔 당신,
자, 손을 내밀어봐,
내가 패를 봐줄게.

모자

슬픔은 우연과 하염없음에서 오는 것,
그것은 형태 없는
꿈이거나 사슴의 관(冠)일 거야.

분명한 것은 모자가 편두통이 아니라는 것.

오늘 죽은 뒤 내일을 사는 우리,
우리는 모란과 작약으로 살지 못했다.
당신의 얼굴이 어디론가 사라지고
대지는 구르는 모자들의 무덤,

모자가 근심과 수치를 덮을 거라는
약속은 믿을 게 못 된다.

여름의 끝

감자와 옥수수를 쪄 먹던 여름,
어떤 불가능은
형태가 확고해진다.

새끼 염소들이 정신 줄을 놓고
계절과 연애는 동시에 끝났다.

여름과 작별하고 난 뒤,

사촌 동생은 더 착해지겠지.
사촌 동생은 더 자주 웃겠지.

여름의 느낌

여름이 여름 한가운데로 진격하고
흰 모래 번쩍이고 푸른 물은 출렁일 때,

여름은 옥수수를 찌는 동안
바다와 기린을 숙고하기에 좋았다.

식물의 표정으로 여름을 맞은 소년이
흰 그림자와 잠든 아침,

당신은 장미꽃을 들고 찾아오라.

황혼과 이별과 복숭아의 단맛이 깊어지면
먼 고장에서 이모들이 온다.

여름 저녁을 찬장에서 꺼내 먹으며
우리는 나이를 먹는다.
누군가의 애틋한 여름이 지나간다.

바람의 혼례

바람이 불어요. 황조롱이 알이 부화하고, 여자는 산고(産苦) 끝에 귀 둘 달린 아이를 낳아요. 결인이 어두운 시간을 끌며 지나가요. 추분에 어떤 연인은 헤어져요. 쾅. 쾅. 쾅. 바람이 덧문을 거칠게 여닫을 때 화산은 수십 년째 잠잠했어요. 당신의 기분은 침울하고, 그 기분은 전염됩니다. 오늘 당신은 여기에 없어요. 당신의 쇄골을 점자책 읽듯 더듬을 때 저녁이 오네요. 저녁에는 동물원을 서성거렸어요. 채식주의 생활이 끝나지 않았으므로 나는 슬프지 않았습니다.

바람이 불어요. 물푸레나무가 한쪽으로 쏠리며 기우뚱 흔들려요. 나무는 동물이 꾸는 꿈. 물푸레나무는 가끔 벼락을 견뎌내요. 동물에겐 어림도 없는 일이에요. 네발 달린 동물이 붙박이 나무의 영혼과 교접하는 일은 불가능하겠지요. 보이지 않는 곳을 볼 수 없는 자들이 직립보행으로 이 세상의 가장 춥고 먼 곳까지 걸어가요. 물푸레나무는 제 영혼을 뻗어 오지(奧地)에 닿겠지요. 우리는 나무의 방계혈족이 아닌 게 분명합니다.

바람이 불어요. 우리는 청어구이를 먹고 젖은 양말로 돌아와요. 우리에게 슬픔이 없다면 파렴치함 때문이겠지요. 옛 건물과 길이 낡아가는 것은 얕은 도덕 탓이겠지만 당신의 웃음소리가 더 컸으면 했어요. 모래 산이 바람에 따라 꿈틀대요. 점을 치러 가던 당신은 돌아섰어요. 고목 뿌리에서 낯선 벌레들이 기어나왔어요. 흉몽에 보인 그 발은 누구 발이었을까요. 내일부터 긴 장마가 시작된다고 합니다.

오래된 연애

가을은 끝장이다, 여러 개의 파탄이
한꺼번에 지나간다, 양파를 썰자 눈물이 난다.
개수대 아래로 물이 흘러들어간다.
당신이 떠난 뒤 종달새는 울지 않는다.
장롱 밑에서 죽은 거북이 나오고
우리는 잦은 불행에 대해 무뎌진다.
접시를 깬다, 실수였다, 앞니마저 깨진다.
분별이 무서워서 분별을 멀리했다.
짧은 황혼 속에서 빛이 희박해지면
나무는 어둠 속에서 목발을 짚고 일어선다.
누군가 허둥거리고 물이 얼자
인도네시아에서 온 원숭이들이 웅크린 채 잠든다.
우리가 하지 않은 연애는 슬프거나 치졸했다.
이별은 돌이킬 수 없는 일이 되고
여름과 겨울이 열 번씩 지나갔다.
날씨는 늘 나쁘거나 좋았다.
영혼은 무른 부분에서 부패를 시작한다.
나는 빨리 늙었으면 좋겠다는 생각을 했다.

춘분

봄은 먼 곳에서 온다.
더 먼 곳에서 봄은 지체한다.

큰 귀를 갖고 돌아오는 춘분의 뿔들,
모란과 작약을 추락한 별이라고 부르자.

우울은 야트막한 마음의 정박지,
오는 봄은 늘 새봄이구나.

당신은 안 보이는 것을 바라본다.
별들이 반전(反轉)한다.

들판의 사체와 피어나는 꽃들,
아지랑이떼를 보라!
이 봄은 자욱한 귀신의 것이다.

버드나무의 사생활

그해의 아궁이에 쌓인 착한 재들,
1964년의 식은 피들이다.

추리소설을 읽던 딸들이 가출했다. 한낮에 수탉의 울음소리가 퍼지고 창문을 열었다. 창문 여는 것은 점잖은 사람의 할 일, 바람은 풍속과 흰 깃발을 붙들고 펄럭이며 울었다. 버드나무 푸른 가지가 나부낄 때 우리는 세상의 참상을 다 안다고 말할 수는 없다.

춤추는 버드나무야, 올해의 금빛 기쁨을 품은 회색의 재들아, 아, 겨우 한 순배의 죽음이 돌았을 뿐이다. 비비추가 땅거죽을 밀며 올라올 때 왜 배신과 음모가 많아지는가. 왜 비바람 치는 날씨가 기분을 망치고, 가는 봄은 종달새 꽁지에 매달려 영산홍 꽃잎을 낚아채는가. 왜 봄날의 덜 닫힌 문은 자주 덜컹거리는가. 재작년의 바다에는 재작년의 주검이 떠돌고, 당신은 명랑과 쓸쓸 사이에서 웃었다.

밀레니엄 소동이 끝나고 새봄이 왔을 때 내 안의 소년이 죽었다. 나는 순진하지 않았다. 미인의 선한 눈매에도 심장은 두근대지 않았다. 무논에서 개구리 우는 봄밤은 비극이거나 재난이다. 바다가 멀리에서 저음(低音)으로 울었다. 딸들의 웃음소리가 만천하에 꽃으로 피어 만발하였다. 조카를 유괴한 이모와 담배를 찍, 뱉는 자가 쉽게 연애에 빠졌다. 당신이 옛날이 좋았다고 말한다. 당신에게 사월의 청명한 날씨가 만드는 내 기분에 대해 말하고 싶지 않았다.

우리는 콩팥과 오장육부, 바다와 괄약근을 모른 채 살았다.
다만 추억은 병이 아님을 아는 당신은
헤어진 사람의 품에 얼굴을 묻고 울었다.

악몽은 밤에 더 번성하겠죠

한밤중 빈 부엌에서 유령 하나가
기척을 내요. 가스레인지 불은 꺼졌는데,
냄비마다 국은 끓어넘쳐요.
어디서 보았더라? 당신의 모호한 얼굴을
미처 알아보지 못하겠지요. 우체국에서는
편지가 날아다니고, 작년의 시체가
무덤에서 일어나요. 양치류가 자라는 숲속에서
스물 몇 개의 계절이 발견되었죠.
부엌의 냄비에서 끓어넘치는 것은
은닉된 슬픔이겠지요. 밤은 연옥을 헤매는
유령이 벗어놓은 외투예요.
당신을 편애하는 자만이 당신의 전공자가 될 수 있죠.
먼 밤이 성큼 가까워지네요.
유성이 영원의 가장자리를 스치며 떨어져요.
어느 계절이건 깨지지 않는 연애란 없어요.
가을의 어떤 문은 열리고, 겨울의 어떤 문이
거칠게 닫히는 것은 유령들이 분주하게
돌아다닌다는 증거겠지요.

밤 짐승의 혀는 말할 수 없는 혀,
그게 짐승이 울부짖는 이유겠지요.
길고양이가 허공을 할퀴며 울 때
동공에 파란 불꽃들이 피어나요.

밤은 온통 흘러넘쳐 어디에나 흥건해요.
밤의 매무새를 가다듬는 당신은 누구세요?
당신이 밤에 연루된 자인가요? 밤의 색골,
밤의 유령, 밤의 광인인가요?
몇만 필 검정 비로드 위에 별을 쏟는 밤,
당신은 밤의 한가운데를 열고
아침 식사 준비를 위해 돌아서지요.
유령과 쥐들은 잠들지 않아요.
새날이 올 때까지 고독과 나는
이 밤을 지키는 상근 직원이지요.
당신이 유령이 아니라면 울부짖는 짐승이겠지요.
어둠 때문에 사랑은 깨질 거예요.
당신이 밤을 도와 사후의 쓸쓸함을 돌보거나
내 이마 위에 나쁜 꿈을 누설하겠지요.
아무도 당신을 말릴 수 없어요.
당신은 밤의 유령, 당신은 밤에 더 번성하죠.

절필

불행을 가장하고 자전(字典)을 펼친다.
시여, 일어서라!

시는 살육 아니면 전쟁! 백 회 미만의 봄가을을 전별하고 남획과 토벌의 길을 걸어왔다. 시나 쓰려고, 수만 번 식탁을 닦아내고, 사과 수천 개를 먹고, 그 많은 우유를 마셨다. 시나 쓰려고, 돼지의 목살과 항정살, 그 많은 밥과 국수, 마늘과 파를 먹었다. 피와 근육을 위해 비애와 거짓말을 남발했다. 밤은 밤으로 가지런해지고 죽음은 죽음으로 깊어졌다.

계절이 계절의 끝으로 돌아가도록 놓아두라!

시는 얼음과 씨앗에서 오는 것!

2부
시 강좌에 나오던 여자가 내 구두 한 짝을 훔쳐갔다

서교동 1

서교 생활을 꾸릴 때 내 전립선과 괄약근은 건강했다. 그건 명예로운 일. 아침의 풍경은 늘 아름다웠는데, 당신은 지루했던가? 서교를 떠난 당신, 지켜야 할 명예가 있었기 때문인가? 나는 당신을 아가미와 지느러미를 가진 사람으로 기억한다.

새벽빛 속에 서 있는 자두나무를 공중으로 도약하는 호랑이라고 부를 수는 없었다. 파밭에서 파를 기르는 의사는 없고 양을 기르는 사람이 떠난 서교, 고대 유적지 같은 아침에는 분통(粉桶)을 쏟은 듯 라일락꽃 향기가 어지러운 서교.

당신은 먼 데서 온다,
먼 데가 당신이라면
당신은 내가 닿을 수 없는 불가능한 시간에 머문다.

서교의 정원에서 자두 열매가 익어갔다. 토종 고독을 키우며 그 고독을 기초 교양으로 여기는 당신, 이재(理財)에 밝지 못했으므로 여름마다 잘 익은 자두를 몇 알씩 먹는 당신. 우리는 이생에서 살아보는 게 처음이라 겨우 이별 몇 번, 반려동물, 자영업으로 위로를 받는다. 저녁의 술집과 길고양이가 떠도는 서교에서 보낸 날은 즐겁고 서러웠다.

서교동 2

춤을 추면서 먼 안쪽에서 스윽,
춤의 중심으로 발을 내밀 때
가쁜 숨결을 타고 꽃봉오리가 활짝, 피어난다.
소금과 딸기를 먹으며 산 우리,
춤은 당신을 사랑하는 짐승으로 만든다.
추락한 명예와 그걸 딛고 다시 시작하는
서교동의 명랑한 생활난과 산책과 숙면에 대해
우리는 다시 이야기를 해봐야 한다.

에두르는 사람은 에두름을 모르고
잘 마른 빨래를 개고 다림질을 하는 금생이
얼마나 아름다운지를 우리는 모른다.
컹컹 짖는다고 늑대가 되지 않듯이
당신이 꽃다발을 들고 서 있다고
당신이 꽃다발이 되는 것은 아니다.

춤을 모르면서 춤을 추듯이
우리는 서교에서 살았다.
모란꽃은 모란꽃을 모르고 가난은 가난을 모른다.
검은 눈썹을 달고 가난한 살림을 꾸린 날이
우리에게 미래의 명예가 될 것이다.

당신은 종달새였다
—연남동 0

당신은 야만인이었다.
나는 종달새를 허겁지겁 삼켰다.
종달새는 내 뱃속에서 노래하고
우리는 숲속으로 벌거벗은 채 내달렸다.

내 뱃속에서 우는 종달새여,
내 뱃속에서 우는 종달새여,

우리는 가난하나 울음은 고결했다.
기린이 우는 저녁이면 우리는 죽을 만큼 사랑했다.
한 남자가 창가에 이마를 대고 먼 데를 보는 새벽,
당신은 남자의 등 근육에서 먼 데 고향을 보았다.
남자의 눈동자에서 번개가 치고 우레가 울었으니,
우리는 외로움에 대해 충분히 알지 못했다.
발뒷꿈치를 들고 춤추며 노래하는 당신,
먼 훗날 우리가 연남동을 떠났을 때,
비로소 현무암 같은 슬픔이 드러날 것이다.

기다림의 자세
—연남동 1

구름 몇 장 서녘 하늘에 널고 기다림의 안쪽에 머무는 날은 편안합니다. 내가 문마다 헐거워진 경첩을 돌보느라 바쁠 때 연남동에서 우리는 가냘프고 심심했어요. 십일월, 당신은 소택지에서 자라는 여뀌를 염려하면서 무서리 내린 가을의 끝이 감정에 미친 영향을 따져보겠죠. 슬픔의 덜미에 난 깃털을 가다듬는 동안 눈과 서리의 날이 도착하겠지요. 큰 내와 작은 내에 살얼음이 끼는 새벽 연애는 더 슬프고 늠름해지겠지요.

빵을 끊었을 때 금식은 기쁨의 일부로 확고해지죠. 여름 이후에는 슬픔이 얕았으므로 아령을 하며 승모근을 더 키우겠지요. 불행과 검은 염소는 두렵지 않아요. 조간신문을 구독하는 동안 연남동의 생활에는 온갖 뉴스로 차고 넘쳤죠. 아침에는 공복 상태로 맥박을 재고, 저녁이 오면 허리를 곧추세우고 먼 곳을 바라보겠지요.

영산홍 꽃잎이 진다고 우리는 정의를 잣대로 배변 습관을 바꾸지는 않아요. 웃을 때 반쯤 감은 물고기같이 변하는 당신 눈썹의 각도, 괄약근에 모이는 피의 양들, 이것이 내일을 규정합니다. 별 좋은 날은 이불을 말리고, 흐린 날엔 키스에라도 열중할까요? 어여쁠 것도 없는 연남동 생활 안쪽에 고독이나 공들여 가꿀까요? 가을 저녁이면 문득 옛 애인에게 행복하냐고 물어볼까요?

연애를 시작한 곳은
기어코 연애를 끝내는 자리지요.

구월의 기분
—연남동 2

구월에는 눈썹이 희어집니다. 강물은 유속(流速)이 느리고 사랑의 변수는 줄어들지요. 오후에는 빨래를 건조대에 걸고 여름내 잘 자란 파초 그늘이나 지치도록 바라봅니다. 음악이 죽은 집에서 종일 빈둥거리다가 삼백 년쯤 죽음은 미룬 채 살고 싶은 가을의 한가운데를 걸어요. 오후 세시. 오래 살고 싶어요. 해바라기에서 검은 씨앗이 여물고, 어머니가 기다림을 솎아내고 자비심 두어 촉을 건사하는 가운데 가을이 지나갑니다. 구월이면 우리는 염세적인 자가 새로운 사랑에 빠지도록 놓아두겠지요.

먼 데서 오는 당신과 길모퉁이에서 마주친다면 우연은 우연의 일로써 붕붕대겠지요. 추억을 탕진한 채 돌아오는 당신. 원한다면 내 피의 전량을 드릴게요. 혈관의 다채로운 감정들, 중불에 뭉근하게 졸인 참극과 불행마저 가지세요. 이 붉은 것을 들이켜요. 구월의 가난과 외로움을 마셔요. 저녁바람이 잦아들고 램프는 꺼져도 좋아요. 당신이 원한다면, 정말로 원한다면.

너구리가 귀를 쫑긋 세워 새벽을 염탐할 때 우리 이웃은 더 순해집니다. 개간지 너머에서 우리는 부쩍 말이 줄어듭니다. 남자의 말(馬)은 저녁의 가장자리에 쌓인 고요에 불만이 없습니다. 수탉이 횃대에 오르고 앞산에 희고 둥근 달이 떠요. 구운 가자미를 올린 식탁에는 어떤 비극도 없어요, 금욕하는 생활에 서리와 북풍은 속수무책, 아아, 구월의 기분은 금세 사라집니다, 옛날 미인은 상현과 하현 사이에서 서성입니다, 다시 구월이 가면 찬 우물에서 맑고 슬픈 소리가 울리겠지요, 당신의 이야기는 끝났어요, 부디 당신 입술을, 한 모금의 산소를 줘요, 내 불행과 우연을 당신의 키스와 노래로 바꿔줘요, 파주 일대 추운 하늘에 기러기 뜨고 새벽 고요 속에 무서리와 초빙의 기척에 목덜미가 서늘해지겠네요.

발코니와 후박나무
—연남동 3

착한 낙엽들아, 라고 말하면
후박나무가 후드득 상심을 떨구겠지요,

길과 신발은 오래된 도덕이나 관습이겠죠, 편두통 속으로 가을비는 차갑게 내리죠, 당신에게 후배위의 기억이 있을까요, 오후에는 굴참나무 숲속으로 가요, 더는 잃을 게 없는 사람은 실연이나 불행에도 의연하겠죠, 후박나무 잎이 지고, 당신은 햇볕이 덥힌 돌에 귀를 대며 몇 그루의 그리움을 앓습니다, 누이들이 사치와 남자와 수평선을 모르는 동안은,

첫째 누이의 가슴 안쪽으로 계절성 우울이 침잠할 때 당신은 창밖으로 노란 달을 보겠죠, 나는 남만(南蠻) 원숭이를 보러 떠납니다, 이마 아래 검은 눈썹이 까만 기억으로 고착되겠지요, 돌아오는 사람은 사람의 일로써 마땅합니다, 그건 노여워할 일이 아니죠, 둘째 누이의 웃음이 낙엽으로 구르고 가을은 파국을 맞습니다, 당신은 시냇물인가요, 후박나무에서 우는 동고비인가요, 당신은 저 먼 가을 숲속에 사는 정령이겠지요,

황혼의 발코니에서 착한 낙엽들아, 라고 말하면
부엉이와 신들도 쓸쓸해지겠죠.

푸른 양말을 신던 봄날
—연남동 4

푸른 양말을 신던 봄날의 기억은 따뜻하다. 약국에서 두 통약을 사고, 흰 양말 열 켤레를 사고, 망원시장에 들러 복숭아 몇 알을 샀다. 일요일 저녁에는 면 셔츠를 입고 스키야키를 먹으며 무연고 무덤과 양치류의 우울은 밀쳐두었다. 태풍 매미가 오던 해, 여름의 철학이나 새벽 두시 첫 눈송이를 받던 손바닥은 기억하자. 마포평생학습관에서 절판된 책을 빌린 행운과 당신 이마를 때리는 초저녁 싸락눈을 사랑하자. 등뒤로 멀어지는 이별은 용서하자. 쓸쓸하고 여윈 연남동에서도 이를 악물고 견딜 만했으니까.

당신은 공중 도약에 실패한다

—연남동 5

삶의 태도가 확고하지 않은 채
연남동에서 연남동을 그리워하며
살았다, 더는 그리워할 게 남지 않으면
우리는 연남동을 떠날 것이다.

푸른 제비가 떠나던 새벽,
첫서리의 기척은 고요했다.
새가 몸통 없이 깃털만 남긴 채 사라지고
우리는 앵무새를 보러 동물원에 가지 않았다.
동물원은 먼 데 있고
우리가 불행하다고 할 수는 없었다.

계절이 몇 번이나 바뀌었지만
코끼리는 먼 고향이 떠오른 듯 이따금 울었다.
당신은 발레를 하는 작은 새,
쇼윈도에 비친 당신 허리는 여전했다.
하늘을 날지 못하는 슬픈 천사는
공중으로 도약을 시도하다가 추락한다.

생수와 빵을 사는 날이 지나가고
예측할 수 없는 우연이 흐르는 동안
가스 검침원을 가장한 나쁜 꿈들이 다녀간다.
온다, 온다, 기어코, 우리를 쫓는 그것이

온다, 온다, 전염병 균처럼!
불가능한 것을 품고 산 죄,
과연 그게 사랑이었을까?

개들이 킁킁 불행의 기미를 냄새 맡으며
지옥의 입구를 거쳐 연남동까지 찾아올 때
형태와 윤곽이 없던 것을 열망하고
가련한 것을 향한 애모를 키우는 것!
키스의 기원과 징조로 가득찬 연남동,
우리는 연남동에서 더는 연남동을
그리워하지 않을 것임을 알았다.

거울이 낡고 얼굴은 빨리 사라진다.
거울을 보며 울던 당신,
늙지 마요, 우리 사랑이 빨리 지나가지 않게,
연남동에서 슬픔이 바닥을 드러낸다 해도
우리는 연남동을 떠나지 않을 것이다.

최후의 시집이 온다
—연남동 6

모래로 된 책들을 읽고
죽음이 다시 태어나는 자리에서

우리가 쓸 최후의 시집은
검은색 표지로 장정된 것

사전에 없는 어휘로 쓴 시들은
자꾸 길어진다.

우리는 불가능을 요구하고
침묵과 무를 흡혈하며
금지와 맞서 싸우자.

그 버드나무는 내게 뭐라고 말했나?
—몽(夢) 1

나는 이미 유머를 잊었다.
분리수거를 한 뒤 면도를 하다가
더는 도망갈 데가 없구나, 하고 탄식했다.
복도에서 우연히 마주친 그를 외면했다.
고양이와 개들이 새끼를 낳는 세상에서
내 슬픔은 더욱 뾰족해진다.
가끔 미친 사람이 찾아와 문을 두드렸다.
세월이 가면 우정은 사소해진다.
수석 수집가의 탐욕에는 아무 감동이 없다.
동물원의 공작새는 일종의 클리셰다.
왼손과 여름은 여전히 상상력을 자극하지만
계단과 창에 대해서 더 쓸 것이 없다.
구두굽이 날마다 조금씩 닳는 이유로
나는 세상의 모든 회고록을 믿지 않는다.
김밥을 먹고 창가에 서서 행인을 바라봤다.
빵은 부패하고 가을이 온다.
어느 날 버드나무 잎들이 우수수 떨어졌다.

그 버드나무는 내게 뭐라고 말했나?
—夢 2

다시는 김밥을 먹으며 울지 않겠다.
내일은 버스 정류장에 서 있다가 들어올 텐데,
매미 울음이 시끄러우니 곧 여름이 끝나겠다.
나는 동물인 적이 없었으니 인간인 적도 없었다.
낯선 것을 향한 거부감의 뿌리는 공포다.
외부자가 감염성 질병을 옮긴다는 편견이 작동할 때
가장 낯선 것은 내 안의 괴물들이다.
내 안에 뱀파이어, 드라큘라, 에일리언 들이 우글거린다.
오래전 한 여자가 찾아와 내 애를 가졌다고 말했으나
나는 그 여자를 단 한번도 만난 적이 없다.
하늘의 비행운을 바라보며 당신을 생각한다.
일몰은 권태로운 자에게 건네는 위로다.
시 강좌에 나오던 여자가 내 구두 한 짝을 훔쳐갔다.
어느 해 봄의 폭설, 이상한 날씨가 계속되었다.
무너진 갱도에서 소량의 물로 한 달을 견딘 광부가 구조되었다.
강의 이쪽에서 얼굴도 모르는 당신을 기다리던 날들,
낯선 도시 교통과에서 보낸 주차 위반 고지서가 왔다.
아마 전생(前生)에 거기를 찾은 적이 있었는지 모르겠다.
물가에 선 버드나무들은 아무 말이 없고
오후에 면 셔츠를 다려 입고 라디오를 들으며 우체부를 기다렸다.

일인칭의 계절

구불구불 물위로 기어간 물뱀의 필적(筆跡)이 그렇듯이
일인칭은 썼다가 지워지는 세계에 속한다.

수탉이 쫀 상처는 반쯤 아물고
초봄 표토에 돋아난 고사리 새순도 쇨 때
일인칭으로 산다는 것을 곰곰 생각했다.

당신은 없고 끓는 물에 떼어 넣는 수제비인 듯
나는 뙤약볕에 떨어져 정수리가 달궈졌다.

초가을 이른 저녁 푸른 이내가 번진 뒤
닭장 속을 넘보다 돌아가는 삵이나 오소리,
먹고 먹히는 것은 지척 간이다!

눈 온 뒤 파밭에서 파랗게 솟은 파인 듯
나는 일인칭의 계절을 살아냈다.

부패한 빵

여름이 끝나자 빵이 부패한다.

부패한 빵의 왕들 얼굴이 빨개질 때
부패한 빵을 먹고 미친 사람들이 웃어댄다.

빵이 부패하다니, 여긴 지옥이야!

파란 작업복을 입고 온 사람들이
부패한 빵을 트럭에 싣고 어디론가 간다.

이 많은 빵은 어디로 가나요?

부패한 빵이 어디로 가는지 모른다.
빵의 행방을 알았다면
우리는 지금까지 웃고 있을지도 모른다.

베를린의 아침

트램이 지나는 노변 카페의 자리,
꽁지 세운 참새가 종종걸음으로 다가온다.
소규모 욕망을 채우려는 저 미물도
현실이 저에게 우호적이지 않다는 것쯤은 안다.
며칠째 자란 수염은 덥수룩하고
베를린은 먼 곳의 아침이다.

우리는 먼 곳으로 온 게 아니라
우리가 곧 먼 곳이다.

녹음이 우거진 공원은 빛으로 충만하고
내 기분은 돌연 고양되었다.
공원 분수가 공중으로 솟구쳐 춤추고
목줄 풀린 개들은 풀밭을 뛴다.
불행이 여기저기 냄새를 맡고 돌아다닐 때,
우리는 그 무엇이나 될 수 있건만
나에게로 가는 길만큼 먼길은 없다.

돌아갈 다리를 지우고 돌아서면
동물원은 더 먼 곳으로 이전하고
손톱이 핏물 마른 야수의 발톱이 되더라도
가벼운 슬픔만이 내 것이구나!

베를린의 한낮

불우로 밥을 먹고
불행을 간식으로 삼켰으니,
우리는 불우와 불행의 공모자거나
침묵이 낳은 물음이다.
침묵은 사전에 등재되지 않은 어휘다.

아침은 저녁이 되고
별이 내려와 협죽도가 피고
찰나는 영원의 가장자리에서만 붐빈다.
우리는 상상할 수 없는 것을 상상하고
갈 수 없는 데까지 가보려고 한다.

빛이 필요한 데 등대가 서고
어둠의 뱃속을 가르며 불빛이 나아가듯이.
(물음은 침묵에서만 팽창한다)
갈 데가 멀어도 물음이 처음 생겨나온 곳,
침묵과 무로 이루어진 저 태(胎)로
우리는 돌아가고야 만다.

베를린의 저녁

지지 않는 것을 품은 이국(異國)의 여름 저녁,
건물 외벽이 석양의 빛으로 물들고
성당 종소리가 그 빛을 물고 날아오를 때
사소한 행복에는 증인이 필요 없다, 라고
나는 찰나의 각성으로 진저리를 친다.

늦게까지 지지 않은 해,
가까운 것은 모두 멀리서 온다.
서 있는 모든 곳이 벼랑이니,
살고 죽는 일에 분별없이 뛰어든다.
불임의 산모가 애를 낳는 꿈은
가망 없는 야만이구나!

살아지지 않는 황금빛 저녁은
한갓 아름다운 꿈,
이국의 여름 해는 이슥하도록 지지 않는다.

해 질 무렵

옷에서 단추가 떨어진 것은
죄가 많은 탓이라고 해두자.

더 많은 유품을 태운 뒤
나는 오므라이스를 만들어 먹었다.

어머니와 저녁과 불멸을
지키지는 못했지만,
이번 생은 괜찮았어!

죽을 각오 전에
죽음에게 삥을 뜯기지 않았으니까.

주말엔 푼돈을 건 포커 모임에 나가고
가을엔 박쥐우산을 펼쳐 들고
없는 애인을 만나러 나갔다.

동물원 옆 동네

기압이 낮은 날 습한 공기에서
원숭이나 족제비 비린내가 훅, 코끝을 스쳤다.
저 물씬한 죄(罪)와 의혹의 냄새!
어머니는 죄가 많다며 가슴을 쳤다.
착한 이웃에게 닥친 횡액을 보며
이 수수께끼 같은 생을 의심했다.

헌옷 닳듯이 사라진 얼굴,
얼굴 없이 거리를 쏘다니다가
화교(華僑)가 꾸리는 중화반점에서 군만두를 먹었다.
늙은 화교는 제 식구와 내가 알아들을 수 없는
광둥어로 얘기를 나눴다.
빗물이 지우는 얼굴에는 전생(前生)이 비쳤다.

매실나무마다 청매실이 익는 유월,
애벌레는 속을 파고 과육을 갉아먹는다.
새우깡 한줌에 비둘기떼가 날아드는 한강변,
컵라면을 안주 삼아 술 마시는 낚시꾼들,
곧 태양이 수박으로 뒹구는 여름이다.

열대야에 잠 설친 우연의 가족,
어머니가 가신 뒤 형제들 얼굴 보기가 힘들다.
옷 한 벌 챙겨 입으려고 바쁜 탓이다.

동물원 동네에 살 때 여호와의 증인이 전도하러 왔다.
얼굴 없는 모습을 보여주지 않으려고
나는 문을 열지 않았다.

일요일 저녁

몽당연필 닳듯이 저녁이 온다. 영정 사진에서 고인(故人)이 웃는다. 타인을 안다는 생각은 오만이다. 나는 죽음의 외부자다. 등뒤에서 문이 닫힐 때 피가 낮아진다. 전동차가 역에서 출발한다. 카페 안이 환하다. 천사가 영원(永遠)을 데리고 와서 카페 안을 기웃거린다. 습지 식물 무성한 들이라고 개구리가 떼창을 했다. 누가 귓속 귀지를 파내는가. 너른 밭에서 양배추가 자음과 모음을 발음하는 저녁, 나는 식량이 떨어진 어느 저녁과 한대(寒帶)의 종교, 쓰지 못한 산문 열두 편과 하얀 새알, 어머니, 아직 어렸을 때의 어머니를 떠올려본다.

가을의 노래

수탉이 우는 낮엔 삼림욕장에서 보내고
밤엔 요절한 시인의 시집을 읽자.

좋은 것과 나쁜 것을 분별하며
쾌락과 고통으로 마음이 패게 하자.

백치와 몽상가에게 관대하고
나 자신에게는 엄격해질 테다.

어떤 의혹이나 확신이 단단해져도 괜찮다.
귀가 커지는 가을이니까!

지금은 뿌린 자들이 거둘 시간,
더는 시간을 낭비하지 마라!

가난과 시냇물을 위한 보험을 들고
착한 애인과의 이별은 유예하자.
아침에는 조조 영화를 보러 가자.

빨래가 마르는 오후

한낮에 수탉이 길게 목을 빼 울고
내 피는 낮은 자세를 취한다.

빨래는 감정의 내력을 지우거나
사소함을 사소함으로 되돌리는 행위,

한낮의 수탉이 죽고 맨드라미가 시들고
바다는 저 멀리에 있다.

끝내 내가 누군지를 알 수 없을 때
빨래가 마르고
정체 모를 슬픔이 깊어간다.

먼바다에서 고래가 울 때
―울산 반구대 암각화에 부쳐

아무 슬픔도 있을 까닭이 없다.
별과 달이 후두두 떨어졌다.
수돗물에서 쇳내가 나고
버드나무 푸른 가지가 바람에 흔들렸다.
화투짝으로 일진이나 점치던 날들,
우리가 어디에서 와서 어디로 가는지를,
잃은 것과 남은 게 무엇인지를 알 수 없었다.
당신이 찬 우유를 마시고
맨드라미같이 산 지어미와 지아비의 전설이나
마추픽추나 바빌론의 공중 정원을 이야기할 때
어느덧 육체는 시들건만
우리는 그런대로 괜찮은 연인이었다.
당신이 내 검은 머리에서 새치를 고를 때
황혼에 까마귀 두어 점 뜨고
나는 당신 무릎에서 살풋 잠들었다가 깨어나
저녁밥을 지으려고 돌아서는 당신의 등을 본다.
우리는 먼바다 고래 울음소리를 들었다.
종언(終焉)의 때나 나올 한숨 소리,
나는 고래의 울음소리에 귀를 기울였다.

파주 하늘에 뜬 기러기떼

비좁은 마음으로 통곡도 없이
심드렁하게 황금 개띠 해의 겨울을 맞고
『식객』에 나왔다는 국숫집에서 막국수를 사 먹거나
목도리 두른 채 파주 출판단지를 걷다가
몽당빗자루로 쓸어낸 희고 시린 겨울 하늘에
기러기떼 V자로 열 지어 나는 것이나 바라본다.
바위가 견디는 세월의 무연함이 저러할 것,
텃밭에 자라는 대파의 씩씩함이 저러할 것,
물때를 모른 채 왔다가 빠져나가는 썰물,
착한 애인은 여태 태어날 시늉도 하지 않는다.
늦가을 저녁 풀밭에서 주운 모과 향기를 맡는다.
침침한 불빛 아래에서 발톱을 공들여 깎고
미토콘드리아 단위에서 맞는 슬픔을 견디느라
세월은 낯을 들 수 없이 빠르게 흐르는구나!

절편 예찬

떡집에서 절편을 사 갖고 돌아와
이 하얀 것을 욕심 없이 베어 물 때
울컥 올라오는 슬픔의 시작이 어디인지
우리는 가늠조차 할 수 없다.
절편은 탱탱하고 아득하며 무미한 것,
절편에는 약육강식의 피비린내가 없고
물의 느림과 식물의 고요한 집중뿐!
절편에는 주검의 곡절이 배제되고
곡식 낟알을 키운 흙의 비애만 있을 뿐!
절편의 혈통은 달의 외사촌,
절편을 먹는 민족은 평화주의자일 것이다.
절편을 먹으며 농본주의의 대의를 곱씹고
우리는 비바람 소리에 귀를 기울인다.
모란과 작약꽃이 피는 봄날을 견디며
절편이 없는 떡집은 떡집이 아니라고 확신한다.
절편과 함께 중국 여행에서 돌아오는 길,
우리는 절편을 사이좋게 나누며
거대한 들의 평평함과 트임을 삼킨다.
가을 저녁과 초록별의 소슬함을 들이켜며
우리는 작별 인사를 하루 더 늦추고
좋았던 옛 미래로 돌아가자 말할 것이다.

삶에 열중한 가련한 인생아* 1

달을 삼킨 채 달아나는 고양이를 보라!

밤은 어여쁜 달을 키우는 계모,

싸락눈과 흙과 동물에게 영감을 받는 시인,

하늘이 착한 자를 돕지 않는다.

광대가 사랑 따위를 함부로 믿지 않듯이.

* 1926년 8월, 소프라노 윤심덕이 부른 〈사(死)의 찬미(讚美)〉 중 한 구절.

삶에 열중한 가련한 인생아 2

밤늦게 세탁기를 돌리는 당신,
나는 주방에서 그릇이나 씻고,

사랑이 사랑인 줄도 모른 채
점점 더 야만인이 되어가던 우리,

경칩에서 동지까지 우리는 평화로웠다.
강의 하류까지 갔다가 돌아오던 우리,

삶에 고개를 박고 열중한 나머지
우리는 잘못 살았다.

3부

나는 살아도 살았다고 말 못 한다

서른 즈음
—가객을 위하여

망원 인근의 근심이 북적대는 여름 저녁,
시장 끝 좌판들이 모인 데를 지나니
열기 잃은 햇빛은 진흙 얼굴들을 굽고
나는 비탈 많은 데를 돌아온 구두를 본다.

개양귀비 꽃들이 흔들리는 트로이 들판,
무화과나무와 돌무더기 사이를 걸어나올 때
사자(死者)조차 할 수 없는 일은
어쩔 수 없는 일이라는 것,

서른 즈음이라면 나쁜 패를 쥐고도
담배 연기를 내뿜으며 후회하지 않았을 테다.
저녁마다 알제리 해변을 상상하고
생몰연대를 모르는 이의 전기(傳記)를 읽었을 것이다.
실패하지 않았구나, 안심하며
살구나무를 심고 텃밭에 파나 키우지만
싸움은 아직 나의 비탈이다.

서쪽을 편애하는 이가 망원에 산다.
그가 왜 싸움을 피하는지를 알지 못하지만
생애의 유적지 한가운데 서서
서른 즈음이 다시 돌아오지 않을 것임을
혼자 되새겨본다.

인생의 이치

그가 어젯밤 죽었다. 그는 낭비가 심한 사람이 아니다. 고양이를 기르고, 금언 몇 개를 외우고, 구두를 아껴 신었다. 목수와 우체국 직원과 빵 굽는 사람을 좋아했다. 화창한 날씨와 〈모란동백〉을, 사소한 모든 것을 사소함으로 사랑했다.

그는 담배를 끊은 뒤 신문도 읽지 않고 어떤 정치 의견도 내놓지 않은 채 조용히 살았다. 수뢰 혐의를 받거나 사기 사건에 연루된 적이 없었다. 그는 가끔 오후 일곱시 넘어 중앙역에 도착하는 고속 열차를 탔다. 모범 납세자로 살았으나 그를 장미나 불꽃이었다고 할 수는 없다. 약간의 빚과 예금과 주식을 남긴 채 고인이 되었다. 그는 아침마다 사과를 베어먹고 종종 꽃집 앞을 지나쳐 신문을 사러 나갔다. 그가 죽은 날 북극의 빙괴가 녹아 무너지고 중국 동물원에서 판다는 대나무 잎을 먹었다. 그가 죽었지만 오전 주식시장이 개장을 하고 주가는 종목별로 등락을 반복할 것이다.

방금 그가 탄 자전거가
내 앞을 가로질러 달려갔다.

증평(曾坪)

서리 내린 명랑한 겨울 아침,
마른 잔디가 세계의 기쁨으로 반짝인다.
잡견 두 마리가 밭고랑에서 흘레붙고
내가 할 수 있는 게 아무것도 없었다.

나는 태초에 진흙으로 빚은 인간,
오늘은 먼 곳의 일로 남극의 달을 상상한다.
사철패랭이와 매발톱과 맥문동이 뿌리 묻은
증평의 날은 빨리 흘러간다.

동지 즈음 비와 어둠이 섞인 혼혈의 밤,
밤이 오고 하늘과 나무와 꽃과 더불어
이토록 영문 모를 인생!
인생의 각주와 색인을 적는 시각이라니!

함부로 살 수도 있었지만 그러지 못했기에
당신에게 불가능한 것을 요구한다.
증평이 증평인 것은 더 나갈 데가 없는 땅이고
끝내 완성이란 게 없기 때문이다.

겨울 대파밭에서

한겨울 대파가 땅에 뿌리를 묻고 자란다.
대파의 슬픔을 이해할 수가 없으니,
오늘 아침 가슴팍에 주홍 무늬가 있는 새는
공중을 날고, 대파 앞에 서서 고해성사를
하는 사람이 있다. 내 얘기를 들어봐요.
일생 동안 밥만 축냈어요. 아무도 내게 길을
가르쳐주지 않았으니까요. 사람을 죽인 적은 없어요.
아시겠어요? 진흙길은 피의 홍수로
넘쳐나는데, 나는 그저 스쳐지나왔어요.
분류와 명명은 활발했지만 고요한 시대는
쉽게 오지 않아요. 대파밭에는 대파가 새파랗고
바보가 죽고 새로운 바보가 와서 시끄럽다.
서리 내린 겨울 아침 대파밭에서 대파가
새파랗게 자라는 일은 기적이다.
저 새파란 대파 앞에서 우는 자가
성자가 아니라면 도대체 무어란 말인가?

밤 해변에서

여름 언덕은 명랑한 초록,
쓸쓸한 것은 연애라고 하자.

당신의 바깥은 나의 안
나의 바깥은 당신의 안.

여름 언덕이 어두워지고
그다음 우리 영혼이 어두워졌다.

날마다 새로운 죄를 빚는
밤의 해변에서.

꿈속에서, 꿈의 조각을 줍다

안방에 늙은 남자가 앉아 있고
집 떠난 아이는 돌아오지 않았다.

늙은 어미가 팥죽을 한 솥 끓이는데,
이 고요와 안녕은 꿈속의 일인가,

철없는 모란과 작약아
한쪽 눈알을 잃은 고양이야

북반구 하늘에 달이 떴다.
매화가 피고 지는 날은 아득했다.
고양이가 달 아래로 달아나는 중이다.

노포(老鋪)에서

당신은 어제의 사람,
옛날을 살면서도 옛날을 모르고,

연옥에서 오는 아버지들이
문고리를 붙잡고 선 오늘이다.

옛날은 문설주에 매달려 있다.
모란 꽃밭 위 나비 몇 점,

옛날이 옛날로 저물 때
문을 여닫는 일로 바빴던 금생,

왜 우리는 늙나요.
늙으면 옛날의 미래로 돌아갈 수 없나요.

증평에 눈 온다

양잠(養蠶)하는 누이의 마음같이
암흑의 탑에서 들려오는 종소리같이

눈 온다,
눈 온다,

죽은 자들이 살지 못한 시간이 돌아와
목책 너머 바람 잔 증평 빈 들에 쌓일 때,

나는 죄를 씻는 마음 하나로
운다, 안 운다.

이별들

누이가 넷이라면 가장 쓸쓸한 이는
증평 군내에서 수예점을 해도 좋으리라.

당신은 먼 데서 먼 데로 돌아다닌다.
소한과 대한 사이 눈발 날리고
베를린에는 비가 내린다. 쓸쓸해 마라,
검은 머리에 떨어지는 빗방울을,
증평이거나 베를린이거나 지금 눈비 맞으며
걷는 이의 등을 바라보는 한 사람이 있다.
여기는 증평, 저기 빈 들 어디쯤에서
멈춘 이별이 환해진다.

황칠나무 그림자가 앙상해지고
돌무지덧널무덤 같은 마음이
당신 마음으로 들어와 그 마음이 돌연
미래에 가서 죽을 때 별들은 낡은 껍질을 벗으며
하늘에서 반짝이고
새 사랑은 저 혼자 싹튼다.

누이가 넷이라면 가장 어여쁜 이는
증평 군내 수예점에서 일생을 마쳐도 좋으리라.

버드나무

버드나무는
나,
무(無)다.

버드나무는 저 먼 곳 외행성에서는
자라지 않는다.

버드나무는
운다, 우리는 버드나무를 사랑하고
버드나무는 우리를 사랑하지 않는다.

버드나무는 푸르고
나는 더이상 푸르지 않다.

플랫폼에 빈 기차가 들어올 때
—건(乾)

울기 좋은 밤들이 왔다가 간다.
어쩔 수 없다. 어떤 밤은 지새고
어떤 밤은 꺽꺽 울었다. 울음으로 밤의
눈금들이 희미해진다.
애비 없는 하늘, 에미 없는 원(圓),
애비도 에미도 울다 깨어난
세월은 옥(獄),
당신은 쇠다.

스물엔 스물이 없었더랬다.
사랑도, 약속도, 기회도 다 없었더랬다.
오던 비 가듯이 무릎을 꺾은 채
울던 날과 함께 스물을 벗어났다.
마흔엔 마흔이 너무 많았더랬다.
술과 북적이는 술꾼들,
거짓 희망과 농담들이 넘쳤어도
우리는 흔쾌하게 웃었다.
마흔에는 마흔의 일들 두엇쯤은 처리했다.
눈과 얼음이라 하면
눈과 얼음이 아니고 붉은색이라 하면
붉은색이 아니었다.
함부로 출몰하는 비루먹은 말들,
하얀 소금밭을 지나가자,

열매 맺지 못한 나무 그림자가 길어질 때,

얼굴

얼굴은 이 세상의 수많은 거울,
얼의
동굴,

얼이 빠진 면(面),

얼의 조국,

불이 꺼진
재 속에서 솟구치는 새,

자막 없는 외국 영화,

얼이 변장하고
나왔다가 홀연 사라지는
무대,

멀리서 뭔가 다가온다
—곤(坤)

죽기 좋은 밤은 살기에도 좋은 밤이다.
가까운 곳에서 당신이 웃는데,
우리는 먼 곳에서 돌아와
날씨가 좋은 여름날들과 황도광(黃道光)과
구름에 열광했지. 아무 실속도 없고
어리석기만 했던 우리는 사랑했지.

초겨울 밤들, 왔다가 돌아가는 발걸음들.
나는 그들의 안부가 궁금하지 않았지.
나는 봄과 영원을 갈망하지 않았지.
높새바람이 불면 쇠솥은 부식하고
물고기와 갈대들은 쇠락하지. 충분히 고뇌하지
않은 자들이 국기 게양대 너머 대지에 서서
편대 지어 나는 기러기들을 염려할 뿐이지.

세상의 끝에서 죽은 자는 그림자를 끌고
얼어붙은 연못을 밟으며 돌아와.
누군가가 중국어로 잠꼬대를 하지. 그는 좋은
사람이었어. 바람이 닫힌 문을 두드리면 순한 개가
놀라서 짖다가 마네. 첫얼음 어는 밤.
당신이 잠든 동안 결빙하지.
나쁜 꿈은 잠든 이의 머리맡에 내려앉아
차가운 손으로 가만히 이마를 짚겠지.

내 오른쪽은 너의 왼쪽
—진(震)

동지 지나자 우리는 가까워진다,
민달팽이의 모둠살이에 대해 얘기를
나눌 때거나 낙엽의 현기증과 추락하는 것의
기쁨에 대해서는 모른 채 당신은
당신에게 최선을 다했는가, 라고 물을 때.
우리 낯빛은 어두워진다.
상심한 저녁이 문 앞에 오고,

동지가 지나면 우리는 회복할 수 없을
정도로 냉담해진다. 당신의 과오는
내 나쁜 습관의 결과다. 마른하늘에서
우레가 울 때 소년이 마루에서 방으로 돌아간다.
까르륵 웃는 어린 고모들이 돌아가고,
잘 웃는 소녀들이 온다.
당신은 선산과 소나무 세 그루를 상속받겠지.
달의 변화를 살피는 일에 흥미를 잃는다.
화투패로 운세를 보는 일도 그만이다.
물에서는 묵은 슬픔의 맛이 났다.

버드나무 속
—손(巽)

노포에 옛날이 말상 얼굴로 앉아 있다.
어깨 위에 검은 머리통 얹은 이가 들어왔다가
둘러보고 나간다.

하오의 그림자가 기웃거리다가 만다.
아이들은 어디로 갔나?
버드나무 가지가 바람을 안고 나부낀다.

꿈속의 꿈이라고
꿈 밖의 꿈이라고

코와 눈 뭉개진 세월이
귀신을 데리고 침대 끄트머리에 앉았다 간다.
나는 살아도 살았다고 말 못한다.
말상 얼굴로 앉은 옛날 귀신에게
귀 없는 고요가 친구하자고 덤빈다.

서촌 통인동, 슬하 슬픔 여럿 거느리고
춘분 지난 어느 날
혼자 마흔두어 해 더 지나 찾은 곳이다.

자연에게

내가 활이라면
당신은 화살 한 대,

나는 당신을 힘껏 당겼다가
저 멀리로 날려보내겠다.

당신이 둥근 하늘이라면
나는 척추를 세운 산봉우리,

당신이 일몰과 밤과 별을 보여주면
나는 가슴을 빠개 뛰는 심장은 숨기고
철과 구리와 망간만을 보여주겠다.

가을 저녁 잿빛 허공에 비
—간(艮)

누가 당신을 문 달린 누각이라 했는가.

당신은 누각,
나는 누각 아래 나무이고 풀이다.
누각 위 달은 오랜 가난인 듯
고색창연했다.

산을 넘고 강을 건너는 당신,
굳이 오거나 가지 않아도 되었건만
당신이 온다 하니, 나는 서둘러
문지방에 이마를 대고 기다린다.

산그림자 내려오는 저녁까지 지켜야 할
우리의 사랑은 굳건한 도덕이다.

음악들
—태(兌)

이건 청록색 바다와
흰 양들을 몰고 오는 막내딸,

이건 우리가 포옹한 기쁨과 슬픔이며
명석한 아름다움이다.

우리는 행성과 들판과 호수에서
돌아온다,
안개가 피륙을 짜는 소리를 거느리고,

먼 절의 종소리와
귀먹은 양들이 돌아오는 수런거림을,
버드나무 잎잎마다 노래와
종달새가 공중에 파종하는 소리를,

들었는가, 만 리 밖의 귀들아,

먼 데서 돌아오는
모란과 작약이 피어나는 숨가쁜 기척을!

가족과 가축

가족은 가솔(家率)이다.
너무 통속적이지 않은가?

가족은 가장자리로 내몰리는
어족(魚族)이다.

가족에 갇힌 자아,
피의 감옥에서 백일몽을 꾸는 자아,
오, 이건 아냐.

가족이라는 감옥에서 탈옥하는데,
내가 도착한 곳은
또다른 가족이다.
가족에서 달아나 새 가족을 만든다.

가족으로 산다는 것은
가축으로 산다는 것,

나는 가족의 가족,
피의 울타리에 갇힌 가축이다.

빵 부스러기 떨어진 저녁 식탁

몇몇은 항상 늦는 법,
우리가 너무 늦게 도착한 건 아닐까?

식탁은 당신의 얼굴,
다리가 네 개인 사자,

식탁이 갈기를 날리며 포효할 때
당신은 식탁에서 운다.

식탁은 별들이 가득 뜬 밤하늘,
우리는 식탁에서 꽃과 물고기를 나누고
의자와 등불에 대해 이야기한다.

빵 부스러기가 떨어져 있는 저녁 식탁을
사막이라고 할 수가 있나?

식탁은 당신을 버린 엄마,
식탁은 슬픔의 식민지,

전갈이 우는 가을밤 사막을
저녁 식탁이라고 부를 수는 없나?

밤들이 깊은 한숨을 쉬며

외로움은 식탁에서 종말을 맞는다.

고용은 끝났다. 많은 이가 돌아간다.
당신의 인생이 빵 부스러기가 떨어져 있는
저녁 식탁에서 끝날 때,

주역 읽는 밤
—설괘전

얻으면 잃고 잃으면 돌아온다. 문득 패를 펴니 초(初), 삼(三), 오(五)가 불쑥 나온다. 봄엔 가물고 기후가 불순하다. 물과 불이 어울리는 형국이다. 우레와 바람이 없으니, 산과 연못의 안위는 고만고만하다. 여름엔 폭염과 변괴와 마른 날들이 잦다. 소년들이 구석에서 흐느껴 울었다. 해가 뜨거워져 땅에 불기운이 넘친다. 마른장마는 길어져서 나라 안의 물들이 마른다. 털을 뒤집어쓰고 사는 짐승들이 계절을 나는 게 힘들다. 가을 넘어서야 별자리들이 제자리를 찾고 물이 안정된다. 멀리 나갔던 자식들이 살얼음 낄 때 남씨, 유씨, 진씨 성을 취한 뒤 돌아온다. 먼 곳에서 역병이 돌아 많은 인명이 죽으니 아직은 집을 지을 때가 아니다. 집은 미루되 터는 단단하게 다져도 좋다. 이도저도 싫다면 낮은 곳에 웅크림이 가장 길하다.

4부

내 안에 당신이 없기 때문에 나는 몸이 아프고

시극(詩劇):
손님
—쌍절금(雙節琴) 애사

프롤로그:

단종을 폐위시킨 수양대군이 왕위에 오른 것이 계유정난의 일이다. 단종 복위를 도모하다가 여섯 사람이 목숨을 잃고 멸문의 화를 입었다. 성삼문(1418~1456) 집터에 소나무 한 그루, 박팽년(1417~1456) 집터에 소나무 한 그루가 남았다. 정조가 죽은 이들의 의로운 절개를 높이 기려 복권을 단행했다. 정조는 1791년 신해년에 단종을 모시는 장릉 배식단을 설치하고 임금을 향한 충절을 지키다 죽은 이들의 넋을 달랬다. 정조가 승하하던 해 소나무 두 그루가 바람에 꺾이거나 시들어 죽었다. 성대중(1732~1812)이 장악원 관직에 있던 조진관(趙鎭寬, 1739~1808)에게 두 소나무를 맡겨 거문고를 만들게 했다. 거문고가 완성되자 성대중은 이를 쌍절금이라고 명명했다. 성대중이 죽은 뒤 아들 성해응이 『쌍절금기(雙節琴記)』라는 제명 아래 이 악기의 탄생 내력을 적어 세상에 전했다.

등장인물

배우 1인을 위한 시극이다. 따라서 남녀 혼성 합창을 빼고는 모든 배역을 한 배우가 연기한다. 거문고 연주자는 따로 두는데, 가끔 추임새를 넣을 수도 있다.

원혼 1

원혼 2

이름을 알 수 없는 신

남녀 혼성 합창단

거문고 연주자

제1막

가을

(배우가 천천히 무대 위로 걸어나오며 관객을 향하여 묻는다. 마치 잘 아는 이에게 말을 건네듯이) 그분, 오셨어요? (사이. 누구의 대답을 들은 듯) 네, 아직 도착하지 않았군요. (누구를 왜 기다리는지는 알 수는 없다. 분명한 것은 누군가를 기다린다는 사실뿐이다.)

(암전.)

(어둠 속에서 거문고 운다. 애절한 선율이 한바탕 휘몰아치다가 현이 끊긴 듯 거문고 소리가 뚝 멈춘다. 무대 뒷편에 희고 찬 달이 높이 떠 있다. 달은 공중에 뜨고, 누군가 낙엽을 밟는 바스락 소리, 풀숲의 풀벌레 소리가 한참 동안 시끄럽다. 대숲에는 바람 소리, 바람에 댓잎 스치는 소리. 그뿐. 고요하다. 가을밤의 정적 속에서 돌연 풀벌레 소리 드높아지다가 잦아든다.)

(무대에 혼자 선 배우에게 핀 조명이 떨어진다.)

가을은 산 것의 안쪽으로 오는데,
그 안쪽이 죽음과 조락의 징조로 가득하구나.

아무것도 저절로 깊어지지 않는다.
깊어진 것은 불우와 헐벗음으로 깊이를 이룬다.
우는 자는 제 안에 쟁여진 슬픔을 밀어내는 것이니,
가령 물푸레나무는 잎을 떨궈 가을에 닿는다만
그게 가을의 일인지 물푸레나무의 일인지는 알 수 없다.
우리가 스스로 우담바라가 아닌 이유는
우리 안에 큰 미소가 없는 까닭이다.
큰 미소는 슬픔의 깊이를 머금고 우담바라가 되는 것.
'깊다'라는 말은 내 안의 텅 빔으로 말미암은 것이니
가을은 우리 안에 깊은 멸망으로 뚜렷하다.

원혼 1: 오, 그들이 온다, 저기 그들이 오는구나!

원혼 2: 우리의 숨결을 거둬가려고,
우리의 목숨을 앗아가려고,

원혼 1:우리 운명이 그들 손에 맡겨져 있네.

원혼 2: 태어나는 자는 태어남을 모르는데,
죽을 자는 저의 죽음을 아는구나!

원혼 1: 죽음은 알 수 없는 것,
그것이 알 수 없는 것이라 더 두렵고 떨리는구나!

원혼 2: 지금은 한낮, 우리는 이렇게 살아서 먹고, 마시고, 슬퍼하고, 기뻐했지만
오늘밤에 우리는 이미 죽은 사람!

원혼 1: 아무것도 보지도 듣지도 못한 채
사지도 눈도 이마도 없이 이 어둠에서 저 어둠으로 흘러 다닐 뿐!

원혼 2: 가엾구나, 사랑에 빠질 줄도 알았는데,
이제 모든 것은 한낱 꿈일 뿐, 구름처럼 일어났다가 사라진 꿈일 뿐,
죽음이 우리 목덜미를 움켜잡고 알 수 없는 곳으로 끌고 가는구나!

가을 저녁에는 왜 바람이 불까?
바람은 무위의 일, 나뭇잎이나 흔들다가 그친다.
물푸레나무가 단풍 진 잎을 뚝뚝 떨구는데,
낙엽은 새처럼 공중에서 어지럽게 난다.
바람은 왜 불며 낙엽은 왜 이리저리 흩어질까?
아직 집 없는 사람이 길 위에서 헤매기 때문이다.
당신은 문설주에 이마를 대고 보고 있나?
가을 활엽수가 떨구는 잎은 목숨인가?

그것은 나무의 속울음 같은 것,
한 번도 하지 않았던 나무의 고백 같은 것,
우리는 저마다 제 슬픔을 발치에 떨구며 서 있다.
물은 돌아갈 길을 셈하지 않고 먼 곳으로 흐르고
잔불은 들판에 한 오라기 흰 연기만 남긴 채 사라진다.
가을이 깊어지면 왜 자꾸 몸이 아플까?
내 안에 당신이 없기 때문에 나는 몸이 아프고
비로소 내 가난을 실감할 수 있었다.

가을 초저녁 하늘에서 집 나온 어린 별들이 떨고 있다.
죽음과 이별과 멸망이 멀리서 달려온다.
죽고 사는 일이 가을의 일로 깊어진다.
당신이 바로 가을인가?
당신이 단 한번밖에 오지 않는 그 가을인가?
당신이 물아래 가라앉은 그 난파선인가?
칼집에 든 칼의 운명같이 가을밤이 깊어간다.

원혼 1: 죽음이 뭐지?

원혼 2: 과연 그게 뭐지?

원혼 1: 앵무새처럼 따라 하지 말고!

원혼 2: 아마 검은 보자기일걸.

원혼 1: 아마 텃밭에서 갓 따온 상추일걸.

원혼 2: 아마 바다 밑바닥에 가라앉은 난파선일걸.

원혼 1: 아마 어린아이 손에 쥔 풀잎 한줌일걸.

원혼 2: 아마 절집에 걸려 있는 목어(木魚)일걸.

원혼 1: 아마 오르지 못한 설산(雪山)일걸.

가을이 천지간에 깊어지는 때,
고요가 천지간에 제 허물을 벗어두고 떠난다.
사과나무에서 사과가 땅으로 떨어지는 일,
물푸레나무가 상심한 마음을 땅으로 내려놓는 일,
조락과 낙하는 가을의 일들로 익숙해진다.

원혼 1: 손님은 멀리서 오고,

원혼 2: 멀리서 온 손님은 환대해야지.

원혼 1: 우리 모두는 저 까마득히 먼 곳에서 오지.

먼 곳에서 온 손님들인 우리,
그러니까 옷깃에서 낯선 바람 냄새가 나지.

원혼 2: 당신은 저 태곳적 먼 데서 오고,
그 먼 데를 어린 자식처럼 손잡고 오는구나!

원혼 1: 저 먼 곳의 눈부심이 없었다면
이 세상에는 가까운 곳도 있을 수 없다.

원혼 2: 먼 곳이 없었다면 먼 곳을 향한 마음도
먼 곳을 공연히 그리워했을 리도 없을 테지.

가을 저녁 길에서 길을 묻는 자가 있다.
제 한몸 의탁할 집도 절도 없이 떠돌다가
문득 길이 자기집이란 걸 깨달은 자!
아, 우리가 나그네가 아니라면 무어란 말인가?
우리는 저 푸른 은하를 거쳐서 이 별에 온 나그네들!
우리는 곧 떠날 사람들이니
살아온 날을 셈하는 것은 어리석은 짓!

(암전.)

제2막
겨울

(배우가 등장하여 관객을 향해 묻는다. 마치 잘 아는 이에게 말을 건네듯이) 그분, 오셨어요? (사이. 빠르지도 느리지도 않게) 네, 아직 도착하지 않았군요. (아직 포기한 것은 아닌 듯하다. 약간의 실망이 없지는 않으나 으레 그러려니 하는 태도다.)

(암전.)

(어둠 속에서 거문고 운다. 거문고 소리는 맑으나 낮고 침통하며 깊다. 그 소리 한동안 이어진다. 거문고 소리 끊기면 무대에 가득차는 삭풍 소리, 고라니 울부짖는 소리, 음울한 부엉이 울음소리로 스산하다. 어두운 허공에 눈보라가 펄펄 날린다. 눈이 내리고, 내리고, 내린다. 조그만 넋을 가진 슬하의 어린 자식은 잠들었다. 산천초목이 얼어붙고, 벌, 나비 자취도 없는 적막한 겨울이 지루하게 이어진다.)

(무대에 선 배우에게 핀 조명이 떨어진다.)

겨울이 스산하고 깊구나!
밤새 지붕을 들썩이는 북풍은 계절이 내쉬는 한숨,

희고 찬 달 아래 물은 얼어붙는다.
얼음은 물의 죽음, 물의 사체,
물은 깨지거나 부서지지 않지만
얼음은 깨지고 부서져서 제 죽음을 드러낸다.
삭풍과 얼음이 겨울의 깊이를 이루고
소나무 두 그루가 거문고로 환생해 울 때
저 탄식과 속울음은 거문고의 것이 아니다.
죽음은 죽음으로 말미암아 죽음이 되고
이 세상 것이 아닌 이의 슬픔과 불우함을 안고
우는 거문고여, 거문고여!
슬픈 것들이 불우와 헐벗음으로 깊이를 이룰 때
슬픔은 깊이로써 의롭고 아득해진다.

원혼 1: 누가 내 목을 치고, 도가니를 도려내고,
눈알을 빼내고, 사지를 찢는구나!

원혼 2: 오, 이게 죽음이란 것인가?

원혼 1: 뇌수에 끓는 납물을 붓는구나!

원혼 2: 끊어진 사지에서 흐른 피가 장강을 이루는구나!

원혼 1: 차라리 무덤의 평온을 다오!

원혼 2: 태양 아래 가장 즐거운 것은 죽음이리니,
누가 내 목숨을 취하고 영원히 망각으로 쉴 수 있는 죽음을 다오!

원혼 1: 어둠의 아가리 속으로 한없이 걸어가네.

원혼 2: 어둠 속의 어둠, 그 어둠 속에 다시 어둠.

원혼 1: 오, 문이 닫히네! 저 빛을 밀어내고 문이 닫히네.

원혼 2: 나는 저 문 바깥으로 나갈 수 없으리니,
언제까지나 이 어둠 속에 있으리니.

원혼 1: 나는 어둠이 낳은 자식, 어둠의 신민!

원혼 2: 나는 어둠의 눈물방울, 어둠이 삼키는 식량!

원혼 1: 몇 겹의 어둠을 이불 삼아 잠들 수는 있겠지.

원혼 2: 어둠이 되어 잠들고 나면 이 고통은 신기루처럼 사라지겠지.

원혼 1: 자, 일꾼들아, 구덩이를 깊이 파다오! 여기가 내가 누울 자리다.

원혼 2: 나는 이 흙냄새가 좋아!

원혼 1: 흙에 묻히면 벌레가 등짝과 허벅지 살을 파먹고, 뼈는 흙속에서 썩고 말리니.

원혼 2 : 썩고말고! 살은 썩고 혼만 남아 모란과 작약꽃 위를 떠돌아다니리.

원혼 1: 중음신으로 구천을 떠도는 넋,

원혼 2: 향기로운 시절 인연을 만나 다시 태어나리니!

검은 박쥐떼가 협곡을 향하여 날아가고
수천의 빗방울이 축축한 혀로 땅을 핥을 때
우리 슬픔은 깊어지지가 않는다.
뜨거운 밥과 찬술에 의지해 겨울을 견딜 뿐,
겨우 끼니나 때우고 기침이나 하며 살았을 뿐,
별과 활강하는 새가 공중에 속해 있듯이
술통과 환락과 도취는 우리의 것.

알 수 없는 신의 목소리: 당신은 모란과 작약꽃을 보고 웃던 사람!
대가리 없이 몸통으로 꿈틀대는 뱀을 보고 탄식을 하던 사람!

검은 머리에 눈은 맞아도 비 올 때는 뛰던 사람!
머리 없는 불상이 되어버린 사람!

사지가 찢긴 채 연옥을 겪은 사람!
다시는 울 수도 웃을 수도 없는 사람!

사람이되 더는 사람이 아닌 사람!
죽어서 소나무로 다시 태어난 사람!

원혼 1: 삶은 계속 이어져야 하네.

원혼 2: 소나무는 죽어서 소나무로 태어나야 하리.

북쪽과 남쪽에 서 있던 소나무 두 그루,
삭풍에 가지를 떨며 울던 소나무 두 그루,
허공의 무게를 이고 고단하게 서 있던 소나무 두 그루,
소나무는 허리가 베어져 쌍절금으로 환생하리라.

원혼 1: 오, 저 거문고 소리에 귀를 기울여 들어봐.

원혼 2: 저 거문고 줄에 천금 같은 무거움이 얹혀
소리는 멀리 나가지 못하고 공중에서만 맴돈다.

갈댓잎으로 제 얼굴에 상처를 내고
얼굴에 진흙을 문질러 상처를 덧나게 한 뒤
죄인이라 가슴을 치며 세상을 떠도는 사람,
아, 당신은 죽어야만 사는 사람이다.

원혼 1: 달개비꽃 피면,

원혼 2: 달개비꽃 지고,

원혼 1: 달이 차면

원혼 2: 달도 기우나니!

원혼 1: 가면,

원혼 2: 오고,

원혼 1: 온 기러기떼,

원혼 2: 다시 돌아가누나!

원혼 1: 참 멀리서도 왔구나!

원혼 2: 몇억 광년이나 먼 별에서 왔지!

원혼 1: 멀리서 왔으니 돌아갈 길도 멀구나!

원혼 2: 굽이굽이 멀고 험하겠구나!

원혼 1: 땅은 더 낮아질 수 없는 곳에서 땅이 되고,

원혼 2: 하늘은 더 높아질 수 없는 곳에서 하늘이 되었으니

원혼 1: 세월이 얼마나 더 흘러야

원혼 2: 나고 죽는 이 윤회의 사슬이 끊어질까?

원혼 1: 눈은 눈을 덮고 밤은 눈 덮인 세상을 덮는구나.

원혼 2: 밤은 어둠 몇 필을 안고 와서 펼치고,

원혼 1: 흰 눈이 밤의 바닥을 밝히는구나!

원혼 2: 달이 안 떴는데도 천지가 환하구나!

겨울이 깊으니, 강물을 향해 던진 돌은
검은 눈썹이 하얘질 때까지
수심 깊은 곳에 닿지 못하고 얼음 위에 머문다.
쌍절금으로 우는 저이는 자기가 누군지도 모를 사람,
이 세상에 한번 왔다가 돌아간 사람,
가서는 기어코 돌아오지 않는 사람,
물은 무거워서 날지 못하는 게 아니라
날개가 없어서 날지 못한다.
어두운 숲에서 울부짖는 짐승이 당신일까?
계곡의 벙어리로 얼어붙은 물이 당신일까?
우리가 기다린 모든 것이 밤으로 어두워질 때
밤은 스스로를 두려워하며 난폭해진다.
이빨과 발톱이 피로 물든 맹수들이 숲속에서 울부짖는다.
북풍이 숲을 흔들며 거친 한숨을 내쉬고
눈보라는 마른 내를 건너와 소나무 가지를 꺾는다.
저기 눈보라 아래 가는 이가 있다.
어디로 가는지도 모르고 가는 이가 있다.

(암전.)

제3막
봄

(1막과 2막에서 그랬듯이, 배우가 등장하여 관객을 향해 묻는다. 마치 잘 아는 이에게 말을 건네듯이) 그분, 오셨어요? (사이. 그리고 천천히) 네, 아직 도착하지 않았군요. (실망을 감추지 못한다.) 지금 오고 있겠지요? (물론 그것은 불확실하다. 확실하냐고 묻지만 그 물음에 어떤 확신도 없다.)

(암전.)

(어둠 속에서 거문고 운다. 거문고 소리는 맑고 생기를 머금었다. 천지간에 차오르는 양기를 받은 듯 거문고 소리는 모처럼 밝고 명랑하다. 빛을 퉁겨내는 듯 명랑한 거문고 소리 한동안 이어지다 끊기면, 고드름이 녹아 물방울이 떨어진다. 물방울 한 점, 한 점, 한 점 땅으로 떨어진다. 먼산에서 뻐꾸기 울음소리 정겹다. 땅에는 민들레, 고들빼기, 들쑥, 원추리, 질경이, 냉이, 달래가 돋아나고, 먼 들판에 아지랑이 자욱하다. 뻐꾸기 울음소리 한가롭게 이어지다가 개구리 울음소리가 떼로 창을 하듯 무대에 가득찬다. 한동안 개구리 떼창이 이어지다가 잦아든다.)

기다림이 끝난 뒤에도 봄은 늑장을 부리고

더디게 와서 이미 저 안쪽까지 물들인다.
봄은 입 없는 것들이 입을 열어 재잘거리게 하고
뻐국새와 종달새의 목청을 틔워 노래를 부르게 한다.
봄밤 저녁에 우연으로 일어난 바람 한줄기가
매화나무 가지에 잠든 매화꽃 한 송이를 깨운다.
작은 매화꽃 한 송이 피어나는 것은
세상에 없던 우주 하나가 생기는 것.
매화꽃 한 송이에서 우주를 못 보고
찰나에서 영원을 발견하지 못하는 자는 어리석구나!

원혼 1: 땅이 죽은 자와 씨앗을 갈무리한다면
바다는 익사한 자와 침몰선의 안식처이겠구나.

원혼 2: 간혹 안개는 제 안의 뜨거움으로 땅바닥을 기고
저 땅속에서 씨앗과 둥근 뿌리는 꿈틀거린다.

원혼 1: 살아라! 피어라! 뛰어라! 웃어라! 기뻐하라!

원혼 2: 어머니 대지가 귓가에 속삭이는 말들.

원혼 1: 하지만 봄은 죽은 자를 무덤에서 깨어나게 하고

원혼 2: 씨앗과 둥근 뿌리들에 생명을 불어넣는구나.

(남녀 혼성 합창.)

—봄이 왔으니 만물을 잠에서 깨우시고
대지에 밀과 보리 씨앗이 싹트게 하소서.

묵정밭에 콩과 깨가 자라게 하고
굶주린 자에게 오로라와 천국을 주고
시냇물에게 청아한 목청을 틔워주소서.

오래 진통하는 산모에게 출산을 허락하고
퇴행성관절염 환자에게는 인공 무릎을 주소서.

(청아한 남자 어린이의 목소리로)

방금 태어난 아기는 이틀쯤 더 눈을 감게 하고
오늘 죽을 자의 죽음을 하루만 늦춰주소서.

(다시, 남녀 혼성 합창.)

지어미의 기다림에 꽃을 주고 선창가 술집의
뱃사람에겐 열락과 환멸을 주소서.

훈장을 받는 남자에게 슬픔을 주되
실연한 여자는 슬픔의 양을 덜게 하소서.

모란과 작약을 사랑하는 이는 사랑할 수 없는 자를
사랑하는 슬픔과 마음의 지옥을 함께 겪게 하소서.

항아리마다 가득찬 술맛을 더 깊게 하고
노숙자에게 명정(酩酊)의 쓸쓸함을 누리게 하소서.

미나리꽝 미나리는 파랗고 버드나무 가지는 푸른데
객지에서 죽은 이의 무덤에는 차가운 빗돌을 세우게 하소서.

태풍 한가운데 고요한 눈이 있게 하소서.

시계추를 멈추지 않게 하고 무연고 무덤가엔 제비꽃을 피우소서.

낮은 밤의 백일몽이고 당신은 내 환몽인 것을 알게 하소서.

춘분에는 춘분의 기분을 갖게 하고 하지에는 하지의 빛이 넘치게 하소서.

오늘 멀리 가는 자는 더 멀리 가게 하고
먼 곳의 하늘 아래를 걷는 이에게 달콤한 잠과 휴식을 주소서.

오늘 부는 바람에게 노래하는 혀를 주소서.

원혼 1: 봄마다 왜 우리는 이토록 살고 싶을까?

원혼 2: 땅에 돋는 냉이와 달래 같은 풋것을 뜯어먹고
돌미역을 끓여 허한 속이나 달래며 막무가내로 살고 싶을까?

원혼 1: 웅덩이를 건너느라 바짓가랑이를 더럽히더라도
가시수풀을 지나느라 온몸이 긁히더라도, 어머니, 살고 싶어요, 다시 낳아주세요.

원혼 2: 모든 아기는 태어나자마자 울음을 터뜨리는데,
우는 것은 아기들이 가진 천부의 재능,
울지 않는 아기는 아기가 아니겠지.

원혼 1: 오래된 어머니, 깨지고, 찢기고, 으깨진 몸뚱이가 아니라

사지가 멀쩡한 신생의 몸으로 다시 살게 해주세요.

원혼 2: 저기 떨어지는 꽃잎은 당신의 한숨인가?
땅을 적시며 오는 봄비는 당신의 눈물인가?

삶의 태반은 기다림이다.
저 바위에 떨어진 빗방울이 화석이 될 때까지
이천 년 묵은 연꽃 씨앗에 싹이 틀 때까지
베갯잇의 학이 청산을 향해 날 때까지
어떤 기다림도 끝나지 않는다.
오랜 기다림으로 이 세상은 저 세상보다 낯설어진다.
당신은 저기에서 여기로 온다 하는데,
기다리는 재능 없이 태어난 자들은 괴롭다.
기다리는 모든 것은 별로 빛나고
기다림이 기다리는 자의 몸에서 깊어질 때
당신은 선인장인 듯 제 몸의 가시를 밖으로 밀어낸다.

원혼 1: 산다는 게 뭐지?

원혼 2: 과연 산다는 게 뭐지?

원혼 1: 그림자처럼 따라 하지 말고,

원혼 2: 허, 따라 하는 게 아니라고!

원혼 1: 아마 솟아오르는 풀!

원혼 2: 아마 심장이 뛰는 것!

원혼 1: 아마 기침을 하는 것!

원혼 2: 아마 몸이 아픈 것!

원혼 1: 아마 가을에 이리저리 날리는 가랑잎!

원혼 2: 아마 공중에 자욱하던 눈보라!

원혼 1: 아마 숲에서 울부짖는 삵의 소리!

원혼 2: 아마 밤마다 울던 부엉이 소리!

원혼 1: 내게 너를 안을 팔을 다오!

원혼 2: 내게 너에게 갈 다리를 다오!

원혼 1: 내게 말할 혀를 다오!

원혼 2: 내게 사랑하는 이의 소리를 들을 귀를 다오!

(암전.)

제4막

여름

(1막, 2막, 3막에서 그랬듯이 배우가 등장하여 관객을 향하여 묻는다. 마치 잘 아는 이에게 무심히 말을 건네듯이) 그분, 오셨어요? (사이. 긴 침묵. 천천히 돌아서며) 네, 아직 도착하지 않았군요. (뒷모습에 실망을 감추지 못하는 태도가 역력하다.)

(암전.)

(어둠 속에서 거문고 운다. 거문고 소리는 제3막에서 연주할 때보다 더 활기차다. 천지간에 뻗치고 차오르는 양기를 받아 거문고 소리가 밝고 명랑하게 회오리친다. 거문고 소리 한동안 이어지다 끊기면, 숲속 매미 울음소리가 청량하다. 이윽고 매미 울음소리가 무대에 가득찬다. 이어지던 매미 울음소리 서서히 잦아들면, 빗소리, 빗소리, 빗소리다. 지붕 위에 비, 마당에 비, 냇가에 흩어진 돌에 비, 텃밭 토란잎에 비! 무대에 빗소리 가득한 가운데 간간이 우레가 울고 번개가 친다.)

봄이 죽고 여름이 살아난다.
죽음은 죽음으로 말미암아 죽음이 되고

여름은 여름의 마음으로 도처에 번성하는구나.
공중에서 작열하는 저 태양은
빛으로 이 세상이라는 풍경을 그리는 화가,
초록 숲은 초록 물감을 잘못 쏟은 곳.
여름은 여름의 일들로 바쁘고
우리는 애초에 기쁨과 웃음으로 빚어진 존재,
우리는 우리의 일로서만 바쁘다.

원혼 1: 일에는 끝이 있는데,

원혼 2: 사랑에도 끝이 있는데,

원혼 1:우리는 끝이 없는 듯 일하고!

원혼 2: 우리는 끝이 없는 듯 사랑하고!

(남녀 혼성 합창.)

—사악함을 깨고 의로움이 천지간에 나타나게 하라.

일어나라, 움터라, 피어나라,
사랑하라, 파도쳐라, 노래하라, 아프지 마라!

들에서 밤을 새던 이들도 집으로 돌아가게 하라.
자식을 잃은 어미의 슬픔을 애도하고

일자리를 빼앗겼던 이들은 다시 일자리를 찾게 하라.

빛과 어둠을 나누고 밤을 낮이라고 우기지 말라.
어둠이 걷히며 사물은 제 형체와 모습을 찾는 법.

대장간에서는 망치질 소리, 풀무질 소리 울려퍼지고
떡집에서는 연신 떡을 쪄내고, 양조장의 술은 익게 하라.

지어미와 지아비는 염소젖을 짜서 말 안 듣는 어린 자식에게 먹여라.

대지는 평평하고 불꽃은 수직으로 타오른다.
공중에는 구름이 평화롭게 흘러가게 하라.

새벽마다 종 치던 사람에게 종을 돌려주고,
풀잎 한 뭉치를 손에 쥔 아이에게 그것이 풀잎이라고 가르쳐라.

일꾼들은 일하며 콧노래를 부르게 하라.

흰 눈을 기다리는 이에게 벙어리장갑을 주고
북극곰에게는 얼음 평원을 주라.

새봄이 오면 회색빛 재 즐비한 정원 여기저기에
천남성, 비비추, 작약 새싹이 땅을 밀며 돋고
떠난 박새, 때까치, 곤줄박이, 종달새, 뱁새가 돌아오게 하라.

딸기가 익으면 향기로운 딸기를 먹고
복숭아가 쏟아지는 철에는 달콤한 복숭아를 먹으라.

고들빼기 나오면 고들빼기김치를 담그고,
강낭콩 나오면 강낭콩을 넣고 햅쌀밥 지어 먹어라.

고요한 시절이 오면 장딴지 단단하고 마음 순정한 사내애와
오디를 따먹어 앞니가 까매진 계집애는 혼인을 하게 하라.

눈동자 검고 총명한 아이를 두엇이나 낳아 기르라.

사혈로 죽은 피를 뽑아내고 온몸에 새 피가 돌게 하라.
노인도 지병을 거뜬히 떨치고 일어나게 하라.

원혼 1: 애비 죽었으니 누가 너희를 먹이고 입힐까?

원혼 2: 애비 죽었으니 누가 너희를 거두고 재울까?

원혼 1: 저잣거리에서는 얼굴을 감추고,

원혼 2: 주린 개가 상갓집 떠돌 듯이라도 살아라.

원혼 1: 배고플 땐 밥 빌어먹고,

원혼 2: 자고 싶을 땐 잘 데를 구하고,

우리가 사람인 것은 누군가가 우리에게
사람이라고 말했기 때문이다.
우리가 짐승 무리가 아닌 것은 누군가가 우리에게
짐승이 아니라고 말했기 때문이다.
바람이 바람인 것도
강물이 강물인 것도
누군가가 그것을 바람이라 불렀고
강물이라 불렀기 때문이다.
당신이 피와 고름과 오줌, 그리고 한줌의 욕망으로
채워진 가죽 부대가 아니라 사람인 것은

당신이 슬플 때 웃고
웃을 때 속으로 슬퍼하는 까닭이다.

알 수 없는 신의 목소리:

계절이 바뀔 때마다 오마고 했던 그 사람,
오지 않는 사람은 끝내 오지 않을 사람,
당신의 갈비뼈 아래 숨어서 울던 사람,
서리와 얼음의 시절로 사라진 사람,

버드나무가 새파랗게 물오르는 시절에는 돌아올까?
당신은 하늘길로 오나, 바닷길로 오나?

하늘길이라면 별들이 그 길을 맑게 닦고
바닷길이라면 파도가 그 길을 푸른 빗자루로 쓸 텐데!

원혼 1: 이제 가야 할 때이네.

원혼 2: 어디로?

원혼 1: 어머니, 아버지가 먼저 가 계신 곳이지.

원혼 2: 어머니 여기에서 날 낳으시고 아버지 여기에서

날 기르셨는데,
여기 말고 어디로?

원혼 1: 문밖이 황천!

원혼 2: 이렇게 떠나다니! 원통해서 어찌 떠나나? 발걸음이 떨어지지 않네!

원혼 1: 어쩔 텐가, 가야지.

원혼 2: 가야 한다면 가야지.

원혼 1: 원망도 슬픔도 황천길 가는데 너무 무겁다네.
다 내려놓고 가세.

원혼 2: 자, 빨리 가세.

(암전.)

(거문고 운다. 뼈에 사무치는 선율이 휘몰아친다. 한바탕 놀던 거문고 소리 잦아들면, 잠시 무대가 고요해진다. 이윽고 진도씻김굿 소리 울린다. 처음에는 작았던 소리가 점점 커진다. 한참 동안 망자의 원혼을 달래고 하늘로 천도하는

길닦음과 종천 의식이 길게 펼쳐진다. 애절하고, 통절하다! 비통하게 울려퍼지던 진도씻김굿 소리 끝나면, 잠시 사이를 두고, 어둠 속에서 소리로만)

그분, 왔습니까? (사이.) 아직 안 오셨군요. (절망과 체념을 담아서, 담담하게.)

(막.)

해설

영원의 가장자리에서 우연을 견디다

오민석(문학평론가)

I.

이 시집의 말미에 실린 시극 「손님—쌍절금(雙節琴) 애사」는 단종 복위 사건에 연루된 두 사람의 죽음을 소재로 하고 있다. 대부분 집현전의 유학자들이었던 사육신은 단종을 왕위에 다시 앉히려다가 발각되어 수레에 찢겨 죽거나 스스로 목숨을 끊었다. 가족들은 대부분 교살당하거나 노비가 되었고 가산은 모두 몰수되었다. 거사가 성공할 것이라는 일말의 확신이 없다면 그 누구도 이런 시도를 하지 않을 것이다. 진실하게 사는 사람들은 대체로 자신들의 성실성이, 그리고 진리가 '밝은' 미래를 가져올 것이라고 확신한다. 그러나 세계는 주체의 이런 믿음을 종종 배신한다. 막막한 미래를 확실하게 책임져주는 '밝은' 필연성은 유감스럽게도 '필연적으로' 가동되지 않는다. 진리는 수없이 왜곡당하며, 비(非)진리에게 무력하게 자리를 내준다. 정의는 너무나도 쉽게 부정되며, 부도덕이 헤게모니를 장악한다. 진리가 승리할 것이라는 명제는 당위로만 존재할 뿐, 현실은 흔히 진리 아닌 것들의 지배를 받는다. 개체는 진실을 믿지만, 세계는 개체들을 해친다. 개체들은 무수한 우연성의 범람 때문에 지친다.

장석주의 시에서 "점집" "패" "점" "화투짝" "일진" "나쁜 패" "화투패" "손금" "운세" 등의 기표들이 계속 등장하는 것은 그가 미신을 신뢰하기 때문이 아니라, (그의) 촉수가 세계의 우연성과 그로 인한 효과를 향해 있기 때문이다. 그가 포획하는 것은 우연성 지배의 세계이다. 그는 그것을 고통스럽게 들여다보며 견뎌낸다. "우연은 우연의 일로 우연의 피안(彼岸)이"(「양화대교」) 된다는 명제는 우연성이 세계를 지배하는 방정식을 잘 보여준다. 이 방정식이 가동될 때, 세계의 시-중-종은 그 자체로 우연의 몸이 된다. 이 몸에서 벗어날 수 없을 때, 주체는 자신과 세계에 대해 아무런 기획도 세울 수 없게 된다. 주체는 예상 불가능한, 언제든지 궤도를 이탈할 수 있는 미래, 즉 지뢰밭 위의 존재가 된다. 세계는 점점 더 불가해한 대상이 되며 그것의 재현은 더욱 난감한 일이 된다. 악몽을 재현하는 일은 그 자체가 악몽이기 때문이다.

슬픔은 우연과 하염없음에서 오는 것,
그것은 형태 없는
꿈이거나 사슴의 관(冠)일 거야.

분명한 것은 모자가 편두통이 아니라는 것.

오늘 죽은 뒤 내일을 사는 우리,
우리는 모란과 작약으로 살지 못했다.
당신의 얼굴이 어디론가 사라지고
대지는 구르는 모자들의 무덤,

모자가 근심과 수치를 덮을 거라는
약속은 믿을 게 못 된다.

—「모자」 전문

개체의 고통("슬픔")은 우연과 우연의 끝없음("하염없음")에서 온다. "모자는 편두통이 아니라는 것" 외에 "분명한 것"이 없는 세계는 그 자체로 일관성과 정체성을 상실한 세계이다. "형태 없는/ 꿈"의 세계는 필연성이 사라진 세계이다. 그것은 짧은 순간일지라도 그 모든 연속성을 지우며, 우발성과 모순 속에 자신을 끊임없이 표류시키는 세계이다. 그리하여 "얼굴이 어디론가 사라지고" 그것을 덮는 "모자들의 무덤"이 그득한 세계를 견디는 일은 얼마나 아득하고 고통스러운가. 실체가 사라진 공간에서 주체는 무엇을 믿고 무엇을 따를 것인가. 껍데기는 실체의 "근심과 수치"를 덮을 수 없다. 현대-주체들은 실체가 사라진 공간에서 슬픔과 근심과 수치의 몸이 된다. 우발, 우연, 돌연의 기표들이 그 몸 위에 출구 없는 지도를 각인한다.

II.

그리하여 장석주에게 세계는 유령이다. 그에게 세계는 정처가 없고 형상이 없으며 그 자체가 모호성이다. 보이는 모든 것들은 영원하지 않으며, 우연의 모순 속에 있다. 그리하여 장석주에게 있어서 슬픔은 "모호한 얼굴"들의 세계에서 생산된다. 그에게 존재한다는 것은 우연을 견디는 것이다.

> 한밤중 빈 부엌에서 유령 하나가
> 기척을 내요. 가스레인지 불은 꺼졌는데,
> 냄비마다 국은 끓어넘쳐요.
> 어디서 보았더라? 당신의 모호한 얼굴을
> 미처 알아보지 못하겠지요. 우체국에서는
> 편지가 날아다니고, 작년의 시체가
> 무덤에서 일어나요. 양치류가 자라는 숲속에서
> 스물 몇 개의 계절이 발견되었죠.
> 부엌의 냄비에서 끓어넘치는 것은
> 은닉된 슬픔이겠지요.
>
> —「악몽은 밤에 더 번성하겠죠」 부분

가스레인지 불이 꺼졌는데, 냄비마다 국이 끓어넘치는 것은 유령의 고원에서만 벌어지는 일일까. 그렇다면, 진실한 자가 불행해지는 것은 유령 담론인가, 현실 담론인가? 악한 자가 잘 먹고 잘사는 것은 필연인가 우연인가? 세계는 투명하지 않으며 그 자체로 "모호한 얼굴"이다. 세계는 당위대로 움직이지 않으므로 '유령'스럽다. 시적 화자는 "냄비에서 끓어넘치는 것"을 "은닉된 슬픔"이라 말함으로써 현실을 유령으로 설명한 것을 정당화한다. 슬픔이 없어야 할 맥락에서 슬픔이 끓어넘치는 것이야말로 난센스이며, 난센스야말로 유령의 본질이기 때문이다.

눈과 얼음이라 하면
눈과 얼음이 아니고 붉은색이라 하면
붉은색이 아니었다.
함부로 출몰하는 비루먹은 말들,
하얀 소금밭을 지나가자,
열매 맺지 못한 나무 그림자가 길어질 때,

—「플랫폼에 빈 기차가 들어올 때—건(乾)」 부분

우연성의 지배를 받는 것은 세계만이 아니다. 그것의 재현 수단인 언어 역시 '자의성(恣意性, arbitrariness)'의 지배를 받는다. "얼음"의 시니피앙이 "얼음"의 시니피에를 지시한다는 필연성은 없다. 얼음의 기의는 얼음의 기표 밑에서 계속해서 미끄러진다. "붉은색"을 호명하는 순간 붉은색이 사라지는 것이야말로 "비루먹은 말들"의 법칙이다. 기표들은 "함부로 출몰"하지만, 고정된 기의를 잡지 못하므로 비루먹은 운명의 길을 갈 수밖에 없다. "열매 맺지 못한 나무"는 시니피에와 결혼하지 못한 시니피앙이다. 그 "그림자가 길어질 때" 언어는 우연성의 세계로 내던져진다. 시니피앙-시니피에는 도달하지 못할 접점을 찾아 끊임없이 부유할 뿐이다.

얼굴 없는 모습을 보여주지 않으려고
나는 문을 열지 않았다.

—「동물원 옆 동네」 부분

끝내 내가 누군지를 알 수 없을 때
빨래가 마르고
정체 모를 슬픔이 깊어간다.

—「빨래가 마르는 오후」 부분

모란꽃은 모란꽃을 모르고 가난은 가난을 모른다.

—「서교동 2」 부분

가장 낯선 것은 내 안의 괴물들이다.
내 안에 뱀파이어, 드라큘라, 에일리언 들이 우글거린다.

—「그 버드나무는 내게 뭐라고 말했나?—夢 2」 부분

일인칭은 썼다가 지워지는 세계에 속한다.

—「일인칭의 계절」 부분

세계가 우연성의 법칙에 의해 가동되고, 언어가 자의성에서 벗어나지 못할 때, 마지막 남은 것은 주체, 즉 '나'이다. 그러나 장석주에게 있어서 주체 역시 출구가 아니다. 세계나 언어와 하등 다를 바 없이 '나' 역시 "얼굴"이 없다. 그에게 있어서 주체는 규정 불가능한, "알 수 없"는 존재이다. 그것은 쓰는(규정하는, 호명하는) 순간 지워지는("썼다가 지워지는") 존재이므로, 접촉의 순간 다시 멀어지는 시니피앙-시니피에와 같다. 주체 역시 수많은 우연성의 개입에 의해 부유한다. 그리하여 주체는 자신을 알 수 없다("모란꽃은 모란꽃을 모르고"). 불가해한 주체는 바로 그 불가해성으로 인해 "괴물들"로 다가온다. "우글거"리는 수많은 괴물로 가득찬 주체는 라캉의 용어를 빌리면 '분열된 주체(split subject)'이다. 말하자면 장석주에게 있어서 시쓰기는, 분열된 주체가, 우연성 지배의 세계를, 자의적인 언어로 구성하는 일이다. 이 최악의 현실이야말로 모든 견고한 것들이 산산이 무너져내린〔포스트구조주의(poststructuralism) 시대의 사유들이 발견한〕 주체, 세계, 언어의 풍경이다. 이런 의미에서 장석주의 패러다임은 멀리 블랑쇼에서 들뢰즈, 데리다로 이어지는 탈중심주의적 사유의 궤도 위에 있다.

III.

그럼에도 불구하고 장석주가 포스트구조주의자들과 구별

되는 것은 그가 사라진 먼 곳, 영원한 로고스에 대한 노스탤지어를 버리지 않고 있기 때문이다. 불가능을 뻔히 알면서도 불가능의 고원들을 횡단하는 장석주의 정동(情動, affect)을 나는 '시적인 것(the poetic)'이라 부르고 싶다. 시는 이런 점에서 개념과 논리를 가로지르는 언어이며, 그것들에 의해 상처받고 피 흘리는 언어이고, (그러면서도) 그것으로부터 끝없이 탈주하는 언어이다.

> 아침은 저녁이 되고
> 별이 내려와 협죽도가 피고
> 찰나는 영원의 가장자리에서만 붐빈다.
> 우리는 상상할 수 없는 것을 상상하고
> 갈 수 없는 데까지 가보려고 한다.
>
> —「베를린의 한낮」 부분

"상상할 수 없는 것을 상상하고" "갈 수 없는 데까지 가"는 것은 언어의 강밀도(intensity)를 극대화하는 일이다. 그리하여 언어가 마침내 과충전 상태에 도달할 때 일상 언어는 시적 언어로 전화되고, 사물과 세계로부터 자유로워진다. 재현, 즉 지시성의 의무로부터 해방된 언어만이 "영원의 가장자리"에 가까이 간다. 블랑쇼에 의하면 언어는 "의미를 주는 동시에 그것을 억압한다" "말의 기능은 재현에만 있는 것이 아니라 파괴에도 있다. 그것은 (대상의) 사라짐을 촉발하고, 대상을 부재하게 만들며, 대상을 지운다". 시는 지시성의 궤도를 파괴함으로써 종결이 아니라 무한한 열림의 언어가 된다.

모래로 된 책들을 읽고
죽음이 다시 태어나는 자리에서

우리가 쓸 최후의 시집은
검은색 표지로 장정된 것

사전에 없는 어휘로 쓴 시들은
자꾸 길어진다.

우리는 불가능을 요구하고
침묵과 무를 흡혈하며
금지와 맞서 싸우자.

—「최후의 시집이 온다—연남동 6」 전문

장석주의 시들은 지시성을 죽이고, 그 자리에서 "다시 태어나는" 언어이다. 블랑쇼의 『도래할 책』을 연상시키는 장석주의 "최후의 시집"은 그러므로 "사전에 없는 어휘"로 써진다. 사전이 정보와 재현의 어휘들을 모아놓은 창고라면 장석주의 언어는 재현 너머, 정보 너머의 상태를 지향하기 때문이다. 장석주의 언어는 정보-언어에 의해 사라진 세계, 즉 부재의 중심을 맴돈다. 그것은 세상의 "침묵과 무릎" "흡혈"하면서 "모래로 된 책들"을 만드는 언어이다. 모래로 된 책은 '도래할' 책을 예비하며 스스로 부재가 되는 책을 의미한다. 지시-언어(reference-language), 정보-언어(information-language)가 "금지"하는 "최후의 시집"을 쓰는 것, 그것이 장석주가 요구하는 "불가능"이다.

당신은 안 보이는 것을 바라본다.
별들이 반전(反轉)한다.

들판의 사체와 피어나는 꽃들,
아지랑이떼를 보라!
이 봄은 자욱한 귀신의 것이다.

—「춘분」 부분

시는 지시물을 넘어 "안 보이는 것"을 향해 있다. 지시 대상에 사로잡혀 있을 때 언어는 '보이는 것'에 갇힌다. 그러나 언어는 보이는 것조차 온전히 포획할 수 없기 때문에, 지시 대상의 온전한 재현에 실패한다. 그러므로 (놀랍게도) 지시-언어는 지시하지 못하는 언어이며, 정보-언어는 정보를 제대로 전달하지 못하는 언어이다. 도래할 문학은 이렇게 예정된 실패를 잘 알고 있으므로 지시 대상으로서의 "만물"에 냉담하다. 지시 대상에 냉담할 때 비로소 "안 보이는 것"인 "영원의 가장자리"가 희미하게 나타난다. 지각(perception)의 들판은 사망한 지시-언어들로 가득차고("들판의 시체"), 그 시체들의 틈새에서 실체 혹은 실재(the Real)가 "아지랑이"처럼 피어오른다. 실재는 존재하며 부재하고, 부재하며 동시에 존재한다. 그것은 손에 잡힐 듯 잡히지 않으며, 잡히지 않을 듯하며 잡히는 좀비(zombie) 같다. 이 "자욱한 귀신"이야말로 지시-언어 너머의 언어가 만나는 실재이다.

IV.

이 시집에 가장 자주 등장하는 동물이 있는데, 바로 기린이다. 왜 하필이면 기린일까. 그것은 바로 기린이 "먼 데"를 보는 동물이기 때문이다.

당신은 먼 데서 온다,
먼 데가 당신이라면
당신은 내가 닿을 수 없는 불가능한 시간에 머문다.
—「서교동 1」 부분

저녁이 오면 허리를 곧추세우고 먼 곳을 바라보겠지요.
—「기다림의 자세—연남동 1」 부분

당신은 먼 데서 먼 데로 돌아다닌다.

—「이별들」 부분

우리는 앵무새를 보러 동물원에 가지 않았다.
동물원은 먼 데 있고
(……)

불가능한 것을 품고 산 죄,

—「당신은 공중 도약에 실패한다—연남동 5」 부분

보이지 않는 곳을 볼 수 없는 자들이 직립보행으로 이 세상의 가장 춥고 먼 곳까지 걸어가요.

—「바람의 혼례」 부분

장석주의 시선은 이렇듯 자주 "먼 데"를 향해 있다. 그에게 있어서 "먼 데"는 사실상 "보이지 않는 곳" "불가능한 것"들과 동의어이다. 그의 시들은 "먼 데서 먼 데로 돌아다" 니며 '보이지 않는 곳' '불가능한 것'들의 자욱하고 희미한 그림자를 포착한다. 기린은 그 '먼 데'를 바라보는 시선-주체의 기표이다. 그러므로 시의 언어는 "보이지 않는 곳을 볼 수 없는" "직립보행"의 언어가 아니라 그 너머를 내다보는 기린의 언어이다. "기린이 우는 저녁이면 우리는 죽을 만큼 사랑했다"(「당신은 종달새였다—연남동 0」)는 명제는 지시물 너머의 불가능한 것을 향해 있는 삶만이 "죽을 만큼" 가치 있는 삶임을 보여준다.

"기린" 외에 이 시집에서 자주 반복되는 이름 중에 또한 "모란과 작약"이 있다. 대개의 경우 이 이름은 마치 맥락 없이, 뜬금없이 등장하는 것처럼 보이는데, 장석주에게 이것은 실재의 '완성된 게슈탈트'를 상징하는 기표이다. 그것은 결함 없는 풍요의 상징이며 도달할 수 없는 실재, 그 아래에서 무수한 기의가 미끄러지는 대문자 기표이다.

우리는 행성과 들판과 호수에서
돌아온다,
안개가 피륙을 짜는 소리를 거느리고,

먼 절의 종소리와
귀머거리 양들이 돌아오는 수런거림을,
버드나무 잎잎마다 노래와
종달새가 공중에 파종하는 소리를,

들었는가, 만 리 밖의 귀들아,

먼 데서 돌아오는
모란과 작약이 피어나는 숨가쁜 기적을!

—「음악들—태(兌)」 부분

이 시에서 행성, 들판, 호수, 안개, 절, 종소리, 양, 버드나무, 종달새 들은 모두 마지막의 현전(Presence)인 "모란과 작약"을 향해 있다. 모란과 작약 역시 "먼 데", 불가능한 것, 보이지 않는 곳에서 오는 것이다. 사물들은 최종의 실재가 현현할 때, 그것의 모습으로 축약되고 완성된다. 화자는 묻는다. 그 순간의 그 "숨가쁜 기척을" 들었느냐고. 그러나 그 기척은 하나의 상징으로만 존재하므로 우리는 그것에 오로지 점근선적으로만 접근할 수 있다.

유성이 영원의 가장자리를 스치며 떨어져요.
어느 계절이건 깨지지 않는 연애란 없어요.

—「악몽은 밤에 더 번성하겠죠」 부분

그러므로 장석주의 시는 "영원의 가장자리"로 지속적으로 다가가는 행성 같은 것이다. 그 다가섬은 깨질 줄 알면서 하는 "연애"처럼 못 말리는 일이지만, 지시-언어 '너머'를 지향하는 시인에게는 유일하게 열려 있는 행위이다. 시의 언어는 실재와 접촉하는 순간 불탄다. 그것은 과충전의 정점에서 제 몸을 '유성'처럼 빛내며 떨어진다. 그 빛을 보았는가. 장석주식 "키스의 기원"이 그곳이다.

장석주 1979년 조선일보 신춘문예를 통해 등단했다. 시집으로 『햇빛사냥』 『붕붕거리는 추억의 한때』 『크고 헐렁헐렁한 바지』 『다시 첫사랑의 시절로 돌아갈 수 있다면』 『간장 달이는 냄새가 진동하는 저녁』 『붉디붉은 호랑이』 『절벽』 『몽해항로』 『오랫동안』 『일요일과 나쁜 날씨』 등이 있다. 애지문학상, 질마재문학상, 영랑시문학상, 편운문학상 등을 수상했다.

문학동네시인선 116
헤어진 사람의 품에 얼굴을 묻고 울었다

1판 1쇄 2019년 1월 8일
1판 3쇄 2019년 12월 11일

지은이 | 장석주
펴낸이 | 염현숙
책임편집 | 김민정
편집 | 김필균 유성원
디자인 | 수류산방(樹流山房)
본문 디자인 | 유현아
마케팅 | 정민호 박보람 나해진 최원석 우상욱
홍보 | 김희숙 김상만 오혜림 지문희 우상희
제작 | 강신은 김동욱 임현식
제작처 | 영신사

펴낸곳 | (주)문학동네
출판등록 | 1993년 10월 22일 제406-2003-000045호
주소 | 10881 경기도 파주시 회동길 210
전자우편 | editor@munhak.com
대표전화 | 031) 955-8888 팩스 | 031) 955-8855
문의전화 | 031) 955-3576(마케팅), 031) 955-8865(편집)
문학동네카페 | http://cafe.naver.com/mhdn
북클럽문학동네 | http://bookclubmunhak.com

ISBN 978-89-546-5456-2 03810

* 이 도서의 국립중앙도서관 출판예정도서목록(CIP)은 서지정보유통지원시스템 홈페이지(http://seoji.nl.go.kr)와 국가자료공동목록시스템(http://www.nl.go.kr/kolisnet)에서 이용하실 수 있습니다. (CIP 제어번호 : CIP2018042649)

www.munhak.com

문학동네